汤姆·斯威夫特和星际幽灵

【英】维克多·阿普尔顿Ⅱ 文
燕锐锋 等图
刘庆双 等译

江西·南昌
江西科学技术出版社

图书在版编目（CIP）数据

汤姆·斯威夫特和星际幽灵/(英)维克多·阿普尔顿Ⅱ文；燕锐锋等图；刘庆双等译. --南昌：江西科学技术出版社, 2018.3（2024.1重印）

（汤姆·斯威夫特丛书）

ISBN 978-7-5390-5870-2

Ⅰ.①汤… Ⅱ.①维…②燕…③刘… Ⅲ.①儿童故事－英国－现代 Ⅳ.①I561.85

中国版本图书馆CIP数据核字(2017)第046865号

国际互联网(Internet)地址：http://www.jxkjcbs.com
选题序号：KX2016055
责任编辑：饶春垚
特约编辑：龙轲轲

汤姆·斯威夫特和星际幽灵　　〔英〕维克多·阿普尔顿Ⅱ　文；
TANGMU SIWEIFUTE HE XINGJI YOULING　　燕锐锋　等图；刘庆双　等译

出版发行	江西科学技术出版社
社址	南昌市蓼洲街2号附1号
	邮编：330009　电话：（0791）86623491　86639342（传真）
印刷	三河市嵩川印刷有限公司
经销	各地新华书店
开本	700mm×1000mm　1/16
字数	114千字
印张	11
版次	2018年3月第1版　2024年1月第2次印刷
书号	ISBN 978-7-5390-5870-2
定价	39.00元

赣版权登字-03-2017-45
版权所有　翻印必究
（赣科版图书凡属印装错误，可向承印厂调换）

前言 QIANYAN

人总是离不开阅读，特别是在现代化信息时代，阅读无疑更是我们难求的一片宁静港湾，让我们有机会去感受、去体悟、去反思、去认证我们的这个世界和未来的世界。

科幻小说是一种起源于近代西方的文学体裁，在尊重科学结论的基础上进行合理设想后形成的文学作品，具备"逻辑自洽""科学元素""人文思考"三个要素。科幻小说与一般的传统小说不同，其特殊性在于它与科学技术的发展有着直接的联系，能让读者间接了解到科学原理。但它又是一种文艺创作，它扎根于社会现实，反映社会现实中的矛盾和问题，在科学技术发展的方向上，提供若干有参考价值的预见。有时，某些科学发明尚未出现，科幻小说里则已经进行生动的描绘，如潜水艇、机器人和宇宙航行等。

著名文学评论家布哈伊·哈桑曾说，科幻小说可能在哲学上是天真的，在道德上是简单的，在美学上是有些主观的，或粗糙的，但就它最好的方面而言，它似乎触及了人类集体梦想的神经中枢，解放出我们人类这具机器中深藏的某些幻想。

阅读科幻小说至少让我们有如下的感受：

一、文学的轻松愉悦

科幻小说的主题非常明显，它会涉及"未来"和"未知"、"科学"和"规律"、"生命"和"文明"、"生存"和"冒险"等等，每一本科幻小说都是一个全新的世界，每一次阅读都是一段全新、充满惊喜的精神旅程。

二、科学与严谨的想象

爱因斯坦说过，想象力比知识更重要，因为知识是有限的，而想象力概括着世界上的一切，推动着进步，并且是知识进化的源泉。通过阅读科幻小说，感悟其中的想象力，在人文、哲理的思索上，在思想道德意识的增强上所起到的作用是潜移默化的、是发散性的，其威力是不可估量的。

三、引发科学与理性的思考

科幻小说中的"科学方法"是一种有系统地寻求知识的程序，涉及"问题的认知与表述""观察与实验搜集证据""假说的构成与测试"。简单地说就是一个科学理论要经过观察、解释、预测、确认、评估、发表的程序，才能从一个假设发展成原理。科幻小说的"理性思考"就是遵从客观规律、进行逻辑分析的思考方式。

《汤姆·斯威夫特》系列曾是国外流行的科普小说，书中很多的科幻内容今天都已经变成了现实，它曾影响了几代读者，它伴随了很多人的成长。现以中文出版此书，相信书中的情节与科学，也会给中国读者带来同样的快乐体验。

目录 MULU

第一章　紧急召唤…………………………………… 001

第二章　小　心！…………………………………… 010

第三章　回到冰河世纪……………………………… 018

第四章　被雪人绑架………………………………… 026

第五章　热　岩……………………………………… 036

第六章　星际追踪…………………………………… 045

第七章　智斗敌方…………………………………… 054

第八章　燃烧攻击…………………………………… 062

第九章　译码无线电营救…………………………… 070

第十章　跟踪巨人…………………………………… 078

第十一章　印第安人的秘密………………………… 088

第十二章　星际幽灵危机…………………………… 097

第十三章　被俘虏的幽灵…………………………… 105

第十四章　势不可挡……………………………114

第十五章　绝望的潜水……………………………120

第十六章　火之岛…………………………………129

第十七章　陷　阱…………………………………137

第十八章　秃鹰捕食………………………………146

第十九章　陷入圈套………………………………153

第二十章　潜艇大战………………………………161

第一章 紧急召唤

实验室里的警报嗡嗡响起。汤姆打开连接斯威夫特家太空站的无线电广播。传来呼叫者紧急的声音:"呼叫斯威夫特家!呼叫老汤姆或小汤姆!"

"小汤姆收到。发生什么事了?"

"紧急情况!一些来自土星子卫星的幽灵正向我们这边过来!请马上来!"

"幽灵?什么样的幽灵?"汤姆问道。

呼叫者回答道:"我们的天文台在土卫一上发现了一些奇怪物体。太模糊,无法辨认。你最好快点来这!"

"马上到!"

汤姆刚关上无线电,他的父亲走了进来。这个18岁的发明家像极了他这位有名的父亲。小汤姆更高一些,但是父子俩都同样拥有一副运动员的身材。

斯威夫特先生大概了解了无线电对话内容后说道:"我们

得马上赶去太空站，弄清楚这些可怕的幽灵到底是什么。得先看看会不会带来什么威胁，再上报给政府。"

"我准备好了。"汤姆说道，"我去叫巴德。"

巴德·巴克利和汤姆同岁，是一名飞行员，参与了斯威夫特父子所有的探险。他肌肉发达，留着一头黑色头发，是一个幽默感十足的人。巴德在几分钟内就赶到了实验室，并得知了这次行程。

"幽灵！"他大叫道，"这听起来像一场太空噩梦。我们什么时候出发？"

"很快。"汤姆回答道。

黄昏，一行三人驱车穿过斯威夫特企业集团来到飞机场，准备起飞前往费林岛，小岛是一片拇指形沙丘，有矮树丛。斯威夫特父子在这个岛上建了一个火箭发射基地。

岛上戒备森严。当警报响起时，会有雷达追踪那些不明物体。晚上，巨大的探照灯发出的刺眼光束在天空交错，无人机不断在天空盘旋，拦截入侵者。一张电气化防护网随时监控着沙滩。

发射台上，一艘火箭飞船准备就绪，等待发射。斯威夫特先生和两个男孩穿上航天服，由汤姆驾驶。当无数的斥力装置将这庞然大物从发射台升起时，大地都在颤动，发出震耳欲聋的响声。这是汤姆最重要的发明之一，这些精挑细选的物质反射极会向下发出强烈的斥光。这艘巨型飞船形成一道弧线插入

天际,与远在夏威夷南部的鲁纳奥伊岛35400千米轨道上的太空站汇合。

巴德仰坐在椅子上说道:"我猜你要用到你的显微幻灯太空探测器去好好看看那些幽灵吧。"

他说的正是汤姆的新发明,一副具有无限可视范围的电子望远镜。通过调节两个电波在已知点相互抵消,无论距离多远,其中一个电波都能拍到一张清晰的照片。

"我们最好提前做好防御准备,"斯威夫特先生警告道,"它们很有可能很危险!"

一段时间过后,斯威夫特太空站映入眼帘。上面吸附着一只原子动力的蜘蛛蟹。这台无线电操控装置能利用它两臂末端的大爪子捕捉在太空的物体发送信息。沿着它的腹部有吐丝器,喷射出的托马塞特线会迅速围绕要接回的人或火箭旋转。

"所有被困宇航员都将会感激那个机械甲壳动物的救命之恩的。"巴德说道。

汤姆赞同地说道:"如果需要帮助的人或是偏离的太空物体离得足够近,即使是我们的自动彗星捕捉器也是可以援助的。"

彗星捕捉器是一张巨大的托马塞特网,环绕太空站船体移动。它是由斥力装置驱动的,斥力装置通过产生逆辐射来防原子辐射。

"汤姆,"巴德望着太空站的两副望远镜说道,"我看见天文学家们还在密切注视着这个蓝色星球。"

汤姆说："地球母亲？为什么不呢，巴德？它是太阳系里最美的星球。"

汤姆慢慢减速，将火箭飞船开进了飞机库里，于是这三人便投入到了行动中。一名工作人员正在为火箭的发射升空做准备。工程师们脚上穿着磁化的靴子在船体外步行，检测发动机是否出现金属疲劳。

"我喜欢把手指放入残油中。"汤姆自言自语道。他总是想要加入到发动机的检验测试中去。

"没有时间了。"巴德提醒他，"那些幽灵在等着我们呢。"

男孩们和斯威夫特先生乘坐电梯来到了天文台，汤姆的显微幻灯太空探测器就在这放着。

首席天文学家约翰·皮特森走了过来，大声道："孩子，很高兴见到你！这里！来看看这个行星的舞姿！"

汤姆坐在显微幻灯太空检测器的操作处，打开电子电路系统，扭动转盘，将土卫一放大显示。

蒸汽环绕的云团舞动着呈现在眼前，一个个亮点连同彼此之间的较暗的阴影组成了一个光圈。它们开始有节奏地跳动，渐渐融入黑暗，然后越来越亮直到再次变得鲜活起来。

"哇！"汤姆大叫道，"我从来没见过这样的景象，包括我们在月球发现的彩虹色气体在内。您呢，爸爸？"

第一章 紧急召唤

"不,儿子,我也没有见过。我确定约翰可以作证,所有的科学家们都对这现象一无所知!"

首席天文学家用力点头表示自己也同其他人一样迷惑,他说:"它们有时会向我们这边靠近,但是会再次朝着土卫一方向返回。"

"你觉得这些东西是由什么物质形成的?"巴德问道。

汤姆摇了摇头。"这真是一个谜,巴德。我们不可能弄清楚它的成分。"他停顿了一下,然后慢慢地补充道,"在我们有更多发现之前,星际幽灵可能是最好的描述。"

"我们要怎么做?"巴德问道,"乘坐加速飞船在太空里短暂环游一圈?"

小汤姆发明的加速飞船已经多次航行到太阳系,并且昼夜不停,随时待命准备航行。

"我们可以试着联系一下太空上的朋友,"汤姆回答道,"他们可能知道一些关于幽灵的信息。"

斯威夫特一家和太空朋友们的初次联系是通过一枚紧急降落在公司附近的星际射弹。这个年轻发明家通过解码导弹上面的几何符号,得出了一个消息。他用同样的系统以及高强度的信号将消息发了回去。双方就这样建立了联系。

斯威夫特先生通过逐渐积累符号对符号以及词对词编辑了一部大型《星际词典》。这样,他们父子可以和他们的星际朋友们自由地沟通。

正当汤姆开始编辑消息时，巴德正在仔细查看舷窗。"一颗流星！"他声音沙哑地喊道，"一颗巨大的流星！它直冲我们来啦！"

"彗星捕捉器一定是出故障了！"汤姆喘着气说道，"准备行动！"

那颗流星转向太空之前，随着它的一个侧击，剧烈的碰撞使得太空站摇摇晃晃。汤姆站起来看了看，其他人也都站起身来。

"我们很幸运，没有人员受伤。"他说道，"我们去看看彗星捕捉器到底出什么事了。"

他和巴德将工人们集合，系统检查了一下太空站的内部情况，发现斥力装置系统已经被损坏。

"那颗流星一定撞到了这根支柱。"巴德说道。

汤姆检查了一下那个扭曲的金属。"你说的对，巴德。它已经被另一个压碎了，能量已经失效，难怪保护网没有打开，这个很容易修好，递给我那根电子撬棍。"

汤姆把撬棍塞进了损坏的支柱下面，喷射进去了一股电流，产生的压力使那根支柱回归了原位。

汤姆关掉了电流。"现在保护网可以启动了。"他告诉工作人员。"但是我们必须替换掉那台斥力装置。"他强调道，"我们完成工作之前，就先这么支撑着吧。"

巴德问道："太空站的外壳怎么办，汤姆？我知道它是由

第一章 紧急召唤

托马塞特制成的，但是它遭受到了那颗流星的重击。外壳在巨大冲击力的影响下可能会有裂缝吧？"

"我们不能出现任何差错，即使是托马塞特。"汤姆回答道，"我出去看看。"

他穿上了钢丝纤维制成的航天服，覆盖上一层合成橡胶，然后又戴上了一顶拉链兜帽和一副护目镜用来保护面部。这套航天套装具有充足的氧气，能够支持人在太空待上几个小时，并且可以通过安全帽里的传感电话进行交流。

汤姆沿着光线微暗的舷梯慢慢行进，缓慢移过太空站辐条边缘的舷窗。

于是，他开始爬上外壳，用一根末端带吊钩的长杆来探测超塑性材料是否破损。

"太棒了！"全面检查后，他自言自语道，"那颗流星给我们带来了这么大的重创，但是谢天谢地没有发现裂缝。爸爸的托马塞特太了不起了！"

进去之前，汤姆停下来看了一圈。星光灿烂的背景下，一个银色的东西出现了——一艘火箭船发出飕飕的响声朝着太空站飞来，而它正行驶在碰撞航上方！

汤姆迅速地拿出无线电警告道："立即转向！"

然后传来惊恐的回复："失去控制了！"

汤姆万分焦急地联系上了巴德，告诉他赶紧启动彗星捕捉器。正当火箭船前端快要撞进太空站时，保护网向上猛拉，捕

捉到了它。

就在这一刹那,保护网擦过,将汤姆从外壳上扫了下来,他开始在太空中无重力地飘浮。

第二章 小心！

汤姆在太空中转悠、旋转、空翻，终于成功改变路线并靠近彗星捕捉器。他拼命地用杆子向上打，这个弯曲的吊钩最终钩在了保护网上，并很快赶上。

"我千万不能松手！"保护网袭击汤姆时，他咬紧牙关坚持着。

太空站外壳里面的托马塞特宽板在无声反转。汤姆和那艘不明火箭船一起被带进了捕获物舱口，被放置在了一个机库接收区里。然后，宽板自动滑进了放置区内。

"汤姆，你受伤了吗？"当汤姆从厚重的航天服中爬出来时，巴德担心地问道。

"我没事。"他回答道，他知道巴德在飞机库里看到了刚才的情景，"但是我要告诉你一件事，我不准备再现汤姆·斯威夫特在外太空的死亡挑战！"

"你成功钩住保护网的时候，"巴德说道，"我们正准备在你后面出动原子动力蜘蛛蟹。"

第二章 小心！

就在那时，不明访客的太空船舱门打开，一群外表粗野的人走了出来，他们好奇地瞥了一眼飞机库四周，然后走到了底部集合。

他们的机长走了过来，脚后跟咔咔作响，敬了一个漂亮的礼。他很健壮，留着深黑色胡须，敏锐的眼睛使巴德想起了潜行的山猫。

"我叫伊戈尔·斯威宁。"太空船的指挥官用夹杂着一点口音的英语说道。

"你想怎么样？"汤姆问道。

"你的援助！我们的火箭控制系统出了些故障。事故发生时，这艘太空船就在我们附近，所以我命令驾驶员开向这里。进行过必要维修后，我们会尽快离开这里。"

这个男人的一些行为举止让巴德感到怀疑。他用一个词表达了对那个机长的质疑。

"国籍？"

"C国！"

汤姆十分震惊。C国是他们的敌国，曾多次阻挡他的计划并企图窃取他的发明。

"但是，"他想，"我们不能不管这些被困的宇航员们，即便他们是C国人！"

他亲切地为斯威宁和C国的工作人员安排了太空站的床铺和食堂，时间足够他们修好火箭。

巴德皱了皱眉头，低声说道："你是在为那些C国的鸟儿们飞进我们的鸡舍创造机会吗？"

汤姆摇了摇头说道："我们将严密监视他们在这里的一举一动。"

"我们会借着帮他们修火箭船的控制系统的机会密切注视他们。"巴德提议道。"假如，"他补充道，"那个火箭船需要修理的话。"

"好主意，飞天小子。"汤姆回答道，"你很快会发现他们是否有合理的借口差点将我们撞得粉碎。我会去天文台找我爸爸，看看我们是否能够联系上我们的太空朋友。"

汤姆刚进去，斯威夫特先生便说道："示波器上目前没有任何异样。我们可以在等的时候检查一下原子动力蜘蛛蟹带来的流星碎片。"

他把一些碎片放到了原子分光镜下，显示出的奇怪辐射图引起了汤姆的兴趣。

"我在想它是不是和P-E有什么关系，那是我对星际幽灵——幽灵的简称。"他解释道。

"它可能是我们目前尚未发现的土卫一的幽灵们放射出的亚原子光波。"斯威夫特先生表示同意，说道，"不要熬得太晚，我现在要该跟你说晚安了。"

剩下汤姆一个人待在天文台，他将显微幻灯太空探测器转向星际幽灵上面，那些闪烁的彩色斑点竟是从土卫一里面向外移动的!"

"它们到达了土卫九,是土星最外层的卫星!"汤姆低声说道,"那些是它们正放射出的微弱的无线电波。它们到底是什么?它们想要干什么?"

他拿出一个大笔记本,在扉页写上了《幽灵日志》,然后开始做记录。突然,示波器出现了一连串跳跃的绿点。太空朋友们在给他发消息!

屏幕上出现了一个小圆圈,随后有一个大圆圈。然后出现了一连串连锁的三角形和一组复杂的数学方程式。

汤姆精通大多数的组合,但是还有一些是他所不熟悉的。他轻轻打开父亲的《星际词典》进行查找。终于,他解码了那条消息:

小心幽灵!

汤姆被这条信息吓到,马上用对讲机召集他的父亲和巴德。他们三人聚集在示波器周围,只见更多的斑点出现在屏幕上。

"太空朋友们在告诉我们那些幽灵是一些超级强大的力量。"汤姆念着,"两个地球周以前,我们的太空探险队遭到了天王星上的幽灵袭击,无一幸存。"

"星际侵略者!"巴德气喘吁吁地说道,"可能它们将天王星看作是它们的领地了!"

"但是为什么它们要搬到土星上去?"汤姆疑惑道,"等等，这里还有一些消息。"

绿点又一次带着信息闪烁了起来：之后它们就消失了，它们来自另一个星系，正计划入侵你们的太阳系。

又一次寂静。汤姆利用特殊的大功率发送器回复了一条消息，询问他的太空朋友们接下来的打算。

太空朋友回复了消息：目前没有计划，在天王星附近被伏击后，必须要建立武装力量。

"哇！"巴德大叫道，"如果太空朋友们不知道谁是幽灵，那我们怎么能找出来？"

"这听起来太阴险了。"斯威夫特先生评论道，"很显然，这些生物有能力随意在各个星系间移动。谁知道它们将在哪停留？"

汤姆站起身来宣布："我要试着从这里给星际幽灵定一下方位，我们有远程采样器和远程接触X射线发射器。"

远程采样器可以通过斯威夫特质谱仪发回分析样本。X射线发射器将两者操作相结合。这次，令汤姆失望的是，这两个发明都没有显示任何东西。

"那些幽灵是神出鬼没的小生物。"他说道，"我最好尽快改良我的新物质传输器。"

"你的什么？"巴德问道。

汤姆解释说："它是能将物体从任何地点传输到我们所在地点的一种工具。电子磁束定向器和上面的防护装置对准目标，使其分裂成原子，沿着无线电射线将原子送回。"

斯威夫特先生补充道："它是一种新的电磁相容的形式。"

巴德抓了抓头说道："当那种物质的光线到达这里时会发生什么样的状况？我们很有可能被击中头部？"

汤姆咯咯地笑了起来，说："不，原子收集槽将由托马塞特制成。它很结实，能装下我们捕捉到的任何东西。"

"物质传输器将解决我们的一些传输方面的老问题。"汤姆强调道，"比如说，我们在太空站建立一台的话，将它指向地球传送货物，速度极快！那些货物就会以一连串微粒的形式出现在我们的收集槽里，等待重组。"

"这不是我的使命。"巴德说道。

"怎么了？"汤姆拿他的伙伴打着趣，"害怕那个小玩意让你这个优秀的飞行员失业？"

"不可能。"巴德反驳道，"我只是不忍心看到人们把自己原子化然后乘着电磁波束！我们总会有那些更喜欢毫发无伤的乘坐火箭的乘客。"

"对了，巴德，那些C国的访客在做什么呢？"汤姆问道。

巴德说："我有预感他们在策划什么事，他们不允许我踏进火箭半步，现在他们还在弄出巨大的声响，那声音会让你以为他们把火箭给撕成碎片了。如果你问我的话，我觉得他们是在假装维修。"

"你的意思是,他们假装火箭失控了,这样就能进入我们的太空站?"

巴德点点头,说:"斯威宁机长知道太空站必须帮助出现故障的火箭船。他早就知道我们不会拒绝他。"

汤姆怀疑地看着,说:"想想斯威宁采取的手段,他差点撞上A我们的太空站!我们差点变成只能用磁铁吸起来的碎片!"

"我认为他不会担心这个。"巴德回答道,"你的彗星捕捉器太引人注意了,汤姆。斯威宁计算过用他的火箭当作陷阱的风险,就像棒球手在追逐一个高飞球。他能够得到一次免费的斯威夫特太空站之旅,好心的汤姆·斯威夫特!"

"可能你是对的,巴德。C国人不会意识到我们正在带着一台尚未完善的斥力装置战斗。他们将永远不会知道自己多幸运!"

巴德赞同地点头时,走廊里突然传来了嘶哑的叫声。那几个C国人大喊:"火!火!"其中有人尖叫道:"我们的火箭船要被火给吞噬了!"

斯威夫特父子和巴德急忙冲出天文台。走廊里全是大量刺鼻的烟,三人加入太空站消防队,朝着飞机库跑去。

浓烟弥漫着C国人的飞船,几名工作人员匆忙地关上了所有的舷窗和门,通过舱口喷射原子雾化液体泡沫。太空站的工作人员马上行动,尽全力控制火势。

"斯威宁机长呢?"斯威夫特先生到达现场后大叫道。

"我没看见过他。"其中一名太空站消防员回答道。

"他在飞船里吗?"巴德询问一个C国工作人员。

那个男人耸了耸肩表示自己听不懂英语。巴德确信他在撒谎。

汤姆有预感,那位C国机长应该是第一个冲出来大呼他的飞船着火的人,但是却并没有看见他。

"这场大火是一个让我离开天文台的诡计吗?"汤姆问自己,"如果我的《幽灵日记》落到了敌人手里怎么办?"

这个年轻的发明家匆忙离开飞机库,迅速跑向天文台。当他飞快穿过开着的门时,一个高大的身体从后面跳了出来,将他打翻在地。他和那个袭击者扭打在了一起。

第三章　回到冰河世纪

汤姆立即将他推倒在地,朝着他的下巴重重挥了一拳。那个男人撞到了示波器的底部之后滑坐到了地上。

"斯威宁机长!"汤姆大叫道,"你在我的天文台里做什么?"

那个C国人缓慢地站了起来。"我来这里找你。"他含糊地说道,"听见沿着走廊里跑步的声音,我以为有人要袭击我。对不起,是我弄错了。"

汤姆刚要说这听起来十分可疑,巴德走了进来。"外面那艘太空船的火造成的损害很小。"他报告道,又看着斯威宁补充说道,"可以随时准备起飞,机长。"

"很高兴听到这个消息。"C国人将头转向门说道。

"等等!"汤姆命令道,"我的《幽灵日志》不见了!还有那些火星碎片!一定是你拿走的!把它们交出来!"

"我不知道你在说些什么!"斯威宁咆哮着说道。

"哦,不知道是吗?"巴德朝他走来反驳道。

第三章 回到冰河世纪

一眨眼的工夫，斯威宁就冲到巴德面前，一把抓住他的手腕并用柔道术扭住，将其猛推到了汤姆身上，将二人打倒在地，然后冲出了天文台，关上了身后的门。

巴德敏捷地从地上跳起，使劲扭门把手。"锁上了！"他气冲冲地喊道。

汤姆迅速跑向对讲机按响警报。在摇动几次把手而没有回应之后，他放弃了。

"这个已经坏了，巴德，一定是斯威宁破坏了这个装置。那些C国人逃走之前，我们必须把门撞开！"

于是，汤姆和巴德二人使劲全身力气撞向金属门，直到折叶部分有了些松动。他们迅速跑向机库，C国的火箭刚刚离开，银色的凸起部分指向太空。

"太晚了！"汤姆叹息道。

"是我的错，汤姆！如果我早有所警觉，就不会让他有机可乘来袭击我！或许那些C国人不能解密《幽灵日志》或是分解那些岩石。"

"不管怎么样，"汤姆说道，"我们知道他们感兴趣的是星际幽灵，他们可能用高倍望远镜看到了幽灵或者接收到了它们的无线电发射。斯威宁和他的同伙被派到这里查看我们搜索的关于幽灵的信息。"

"尽最大可能把我们所查到的全部偷走。"巴德补充道。

第二天，他和斯威夫特父子回到了地球。他们在费林岛着陆后，又飞到了企业集团，驱车回到斯威夫特家吃晚饭。

汤姆的妈妈在门口迎接，她是一个有魅力的优雅女人，她承认虽然自己对其中大多数的科学原理并不了解，但是仍对斯威夫特父子的发明非常感兴趣。

两个漂亮迷人的女孩从客厅走到了走廊。

"嗨，桑迪！"巴德跟汤姆17岁的妹妹桑德拉打了一声招呼，桑德拉是巴德最喜欢的约会对象，也是一个户外运动型的女孩，她的爸爸和哥哥曾教她像老手一样开喷气式飞机。

"嗨，菲利斯。"汤姆叫了一声菲利斯·牛顿，她是斯威夫特工程公司经理奈德·牛顿的女儿。每当那一对出去的时候，黑头发的菲利斯总是陪着汤姆，组成了四人组。她和桑迪是很好的朋友。

这时，一个神秘客人走出来和他们握手。他是从政府来的一名官员杰姆斯·伍斯特，也是斯威夫特先生的老朋友。

"我早上给你打过电话，"他解释道，"斯威夫特夫人说你会准时从太空站回来吃晚饭，并邀请我过来。我来既为公事，也是放松。"他补充说道。

美餐过后，男人们来到客厅举行会议。

"这次任务是最高机密。"伍斯特说道，"我们想让你们父子和巴德一起去R国执行一项特殊任务，一个危险且需要外交手段的任务。"

"我不确定我是否能去。"斯威夫特先生说道,"但是我认为你刚才所说的已经引起了汤姆和巴德的兴趣了。"

"那是什么样的任务,伍斯特先生?"汤姆问道。

"唔,这是关于一头乳齿象的任务。"

巴德咧嘴笑了起来:"你是说一头生活在史前的体型庞大的大象?"

"是的。"那位官员说道,"乳齿象一直幸存在美洲,直到印第安人到来将它们猎杀。"

"不久前,R国发现一头保存完好的乳齿象。我不用说你们也知道,这是独一无二的标本,几乎是冰河世纪时期无价的骸骨。我们希望能把它带回A国,这样科学家们可以以它为线索研究古代时期。"

"必须为他们提供一笔资金。"斯威夫特沉思着说。

"好的,当然。"伍斯特回答道,"这笔钱用来捐给R国的穷人们,提高他们的生活水平。两国都会从中获益的。"

汤姆变得越来越激动,他说:"你想要我们做什么,伍斯特先生?"

"你们的任务就是找到乳齿象,将它运送到西海岸的一个大学,它将会被陈列在那的博物馆里。"

"这听起来相当容易了。"巴德说道。

"是很容易的,"伍斯特先生说道,"除了两个困难。第一个,乳齿象被冻在冰雪覆盖的安第斯山一个山洞里的冰坑里。用振动型机械将冰打破或融化可能会引起雪崩急速下滑，殃及山脚下的村庄。我们希望你们能想出一个好办法避免这种灾难发生。"

"这的确是一个问题。"汤姆承认道，"这个听起来就很艰难了，那第二个困难是什么？"

伍斯特皱着眉头说道："一个居住在村庄的印第安人发现了那具骸骨，他的邻居们都极力反对移动它。他们不想让任何人知道那个山洞在哪里，甚至拒绝带领R国工程师到那里去考察，目前形势变得很严峻。"

伍斯特接着说道："那些印第安人在山顶看到了诡异的蓝色火焰。他们将这个怪现象解释为山神对他们的一种警告，不许移动那具被冰封的冰河时期骸骨。"

"此外，几个印第安人声称看见过一个恐怖的白色巨人在洞穴附近徘徊。"

"又一个可恶的雪人！"汤姆激动地大叫道。"和喜马拉雅山上有名的雪人一样。"

"如果你能够揭开这个谜底，汤姆，你会发现你已经慢慢接近乳齿象的位置了。"伍斯特说道。

"你的意思是，"汤姆回答道，"如果我能说服那些印第安人这里没有掌管洞穴的山神，他们就会告诉我乳齿象在哪里，并且允许我们将它运走？"

"就是这样。"

"你认为呢,汤姆?"斯威夫特先生问道。

"我想接受这个任务,爸爸,但是我不能耽误物质传输器方面的工作。"

于是,汤姆的父亲帮助他继续进行物质传输器的实验,而汤姆同意尽力将乳齿象运过来。

汤姆说道:"用马车很难将它从R国运过来,但是我们能将它原子化,再利用电子束将它运到大学重组!"

"这需要一个霸王级别的收集槽。"斯威夫特先生说道,"以防你们两个家伙把它运过来而没有地方重组,我应该提前解决这个问题!"

巴德咯咯地笑道:"如果汤姆在学校的院长办公室重组那只来自冰河世纪的野兽,那就太有意思了。这个主意怎么样?"

"那院长大可放心了。"汤姆笑道,"他办公室连那只动物那两颗长牙都塞不进去,更何况它巨大的身体。"

斯威夫特先生笑了笑,接着变得严肃了起来,说:"我明天跟学校方面安排一下。斯威夫特科学家团队将出发前往西海岸开始执行任务。"

"如果物质传输器没有用怎么办?"伍斯特问道。

汤姆咧嘴大笑道:"有爸爸在这进行实验,它一定会有用的。另外,我们也可以使用一些之前的发明。如果问题是切开这个里面装着乳齿象的冰块,那X射线发射器会很有帮助。至于运输,我会让蓝天女王做好准备。"

这艘巨大的太空船是汤姆发明用来在电离层进行实验的很了不起的飞行实验室。一架以原子核反应堆发动机所驱动的三层飞机,内部装有雷达、动力设备、实验室和超大的储存空间。

"这听起来不错,"伍斯特说道,"祝你们好运!"关于这个项目的成功,他很显然受到了鼓舞。于是,他穿上外套离开了斯威夫特家。

"这个任务怎么样,巴德?"汤姆开玩笑地说道,"准备好开启回到冰河世纪之旅了吗?"

"把R国所有的乳齿象给我也不换!"他的朋友反驳道。

这时,走廊的电话响了起来。"找你的,汤姆,"桑迪叫道,"哈伦·艾姆斯说有很重要的事。"

哈伦·艾姆斯是斯威夫特企业集团安保部门的负责人。

"怎么了,哈伦?"汤姆问道。

艾姆斯的声音听起来十分紧张:"我们刚刚接到来自太空站的另一条消息。"

"是什么?"

"幽灵现在已经在木星上。"

第四章　被雪人绑架

汤姆只感觉脊椎一阵发凉。那些幽灵是在朝着地球方向进行星际跳跃的吗？"从木星到土星之间是朝着我们前进了一大步。"他思考着，挂断了电话，"现在我们之间只剩火星了！"

于是，他与父亲商量了一下，父亲同意他与政府的秘密联系人取得联系。尽管汤姆因为艾姆斯带来的消息感到深深的不安，他仍然觉得不能违背向A国政府许下的将乳齿象运回的承诺。他找到了巴德，两个人急忙来到汤姆的房间收拾去R国的行李。尽管巴德不住在斯威夫特的家，但他总是在这留几件衣服。

两个女生在门口看着他们。"你们俩怎么又要独自离开？"桑迪问道。

"你们俩从来不带我们。"菲利斯插了一句。

汤姆和巴德怯怯地互相看了看对方。"好吧，女孩们，我们答应你们。"汤姆说道，"但是这次是正事，我们必须自

己去。"

巴德补充道:"但是我们很快就会带你们出去玩儿。"

两个年轻人开着巴德的红色敞篷车来到了斯威夫特企业集团,在汤姆紧挨着实验室的私人房间里住了一晚,天还没亮就早早起了床。他们走进小型餐厅的时候,传来一声熟悉的打招呼声音。

"哇,如果我的老朋友们再不来,我就要变成角蟾了!有什么要我为你们这两个牛仔效劳的?"

汤姆咧嘴笑道:"那些上等的强化饼干你觉得怎么样,乔?"

"再来一点儿你制作的咖啡色的水。"巴德开玩笑道。

查尔斯·温克勒昵称叫乔,以前是流动炊事车上的一名厨师厨师。斯威夫特父子俩在进行原子研究的时候遇见了他,父子俩成功说服了他来到了北部。他身材矮胖,秃头,罗圈腿,生性随遇而安,在企业集团担任斯威夫特父子的私人厨师,经常跟着父子俩一起进行科学探险。

"小伙子们,我不知道该怎么开口。"他回答道,"炉子附近太乱,我找不到我的转轮枪了。"

巴德大吸了一口气说道:"这么早?"

"是的!这是我的新系统——有效利用剩余物。你们这两个淘气的家伙在瞧不起它之前,可以先试试。"

尝了尝乔给的试吃品之后，汤姆坦白地说道："还不错。"巴德也赞同。就剩他们俩了，两个人把厨师端上来的所有东西都吃光了。

破晓时分，汤姆和巴德登上了一架前往R国首都的小型喷气式飞机。当天下午二人到达城外，联系人来迎接了他们，那人身材强壮、古铜色的皮肤、身穿白色西装、头戴圆冠阔边帽。

"我叫约翰·伯克特，"他自我介绍道，"是费尔南多·卡斯提拉的房地产经纪人，他是R国有名的橘农之一，你们会住在他的庄园里。"

于是，二人挤进了车的前座，伯克特从机场行驶了大约160千米到达了安第斯山山麓。

"多么宏伟的一个地方啊！"汤姆大叫道。

白雪皑皑的山脉高耸在几千米的橘园上，橘园周围环绕着X国风格的单层别墅。房屋后面是一些低矮的瓦房，其中有一个马厩和一个车库。

园主费尔南多·卡斯提拉友好地跟他们打招呼，他高高的个子、面色红润，浓密的黑色胡子遮盖了半边脸，十分英俊。他说有两个R国工程师现在住在这里。

"他们是来考察乳齿象洞穴的，但是那些印第安人不让他们靠近那儿。我希望你们这两个北美洲人能够找到雪人，揭开神秘的蓝色火焰之谜！"

"洞穴在哪儿，卡斯提拉先生？"汤姆问道。

"我不知道。"

"我也不知道，"伯克特说道，"当地居民不告诉我们，但是，那个发现洞穴的印第安人自愿为我们带路。他叫胡安·阿尔瓦雷斯，现在在村子里等我们。我们可以马上开车去找他了吗？"

"我们走吧！"巴德催促道。

伯克特开车载着他们很快到达了一个大型的土砖房村落，将车停在了一棵树下之后，带着他们向下沿着一条泥泞的小路走到一间屋顶铺着红色瓦片的房子。他敲了几下门，但是没有回应。于是，伯克特走了进去，但是很快就出来了。

"阿尔瓦雷斯失踪了！"他大叫道。

"可能是有原因的吧。"汤姆带着抑制不住的兴奋猜测道。他指着那些通向这间房子的巨型泥脚印。还有一些脚印是从这间房子出来上山的。

"你的意思是，"巴德说道，"阿尔瓦雷斯可能被雪人绑架了？"

现在，一群受惊吓的邻居已经聚集在了阿尔瓦雷斯的家里。他们激动地用×国语言，语速飞快、含糊不清地说着。

"夜里，我们听见了他的尖叫声！"其中一个人说道。

"那个巨人来把他带走了！"另一个人声音颤抖，带着哭腔说道，"那个雪人——是古时候曾居住在这里的一群巨人中的最后一个幸存者！"

剩下的村民们都在大声说着自己的恐惧。他们满面愁容地表示绝不会再让任何人侵犯山神。

"我们从这里不会得到任何消息。"伯克特小声说道，"在我们惹上麻烦之前，先回庄园吧。"

快要八点的时候，那两个R国工程师回来了，他们是奎里多先生和凡内加斯先生。他们找了一天的乳齿象洞穴，结果还是空手而归。听到胡安·阿尔瓦雷斯失踪的消息，他们表情黯淡。

"我们必须尽力找到他。"卡斯提拉先生说道，"我希望他还活着。"晚餐期间，园主向他们简要介绍了汤姆和巴德二人是前来探寻乳齿象之谜的。

"关于一个印第安人在捕猎山地野绵羊的时候发现了史前大象的这个消息一经传出，就有另外一个国家向R国政府竞标。"

"C国？"汤姆问道。

"我年轻的朋友，你猜对了。"这个果农回答道，"但是这些C国人并没有开出一个合理的价格。因此我们国家决定将它卖给A国。"

卡斯提拉看上去若有所思地说道："我不相信C国人是诚心出价的，他们是想找出乳齿象的位置，阻止A国人找到它。"

第四章 被雪人绑架

"他们会不会躲在山上那个奇怪的蓝色火焰后面?"巴德好奇道。"还有那个巨型雪人?"汤姆补充道。

"很有可能,"园主回答道,"他们得知印第安人发现那个洞穴后,就想出了一个办法先把他们吓走。又得知阿尔瓦雷斯要带你们去洞穴,就派雪人绑架了他。"

汤姆仔细考虑了一下这个可能。"当然,"他解释道,"那些C国人可能已经发现了那个洞穴。所以他们不仅想要阻止我们得到乳齿象,还可能在计划着把它偷走!"

桌子周围的其他人都怀疑地盯着这个年轻的发明家,然后卡斯提拉问道:"但是他们怎么能做到呢?"

"我了解C国人,"汤姆继续说道,"他们会不惜一切代价的!他们为了得到乳齿象,会毫不犹豫地将冰融化掉!"

"但那样做会引起雪崩的!"卡斯提拉颤抖地说道,"想象一下,一条冰河流过我们位于山脚下的村庄!一定要阻止这样的灾难发生!但是我们应该怎么做呢?"

"我们先到达那里!"巴德说道。

"然后找到洞穴,再将乳齿象安全转移过来。"汤姆说道。

汤姆和巴德正准备睡觉时,一个仆人敲门说无线电室有人要见这位年轻的发明家。卡斯提拉是一名业余无线电爱好者，建立了一个无线电室用来接收来自世界各地的信息。是斯威夫特企业集团发来的消息。卡斯提拉递给了汤姆一张带有信息的纸条，上面写道：

幽灵现在在火星上！明天速回家商议。

汤姆回到卧室将纸条给巴德看了看。

巴德说："幽灵在火星上！一头乳齿象在未知的洞穴里！这是一个什么样的组合啊，汤姆！"

汤姆说："情况变得越来越让人绝望了，巴德！星际幽灵已经接近地球了！它们几乎到了我们门口了！"

"就没有什么我们能做的吗？"巴德问道。

"我必须找到一个能和这些入侵者沟通的办法。"汤姆解释道，"我还不清楚它们到底是什么。它们是一群有智慧的生物吗？"

巴德爬上床，一边关灯一边说道："它们是否有智慧可能对我们是一个威胁。看看它们对我们天王星上的太空朋友做了什么。"

汤姆点头道："它们很可能给人类造成危险。巴德，我们不能眼看着星际幽灵入侵而无动于衷！人类将会被毁灭！"

"这个想法会让我做噩梦的！"他的同伴也承认的确如此，"我赞同马上采取行动阻止它们！"

然后，巴德上床睡觉了，汤姆则返回去找卡斯提拉先生，请求他给斯威夫特先生发消息，让他的父亲用那些曾经与太空

第四章 被雪人绑架

朋友们联系的符号尽力和那些幽灵取得联系。

到了早上,他收到了回复:没有任何迹象显示那些幽灵们理解我们的符号。

"我再想想其他的办法。"汤姆决定道。

卡斯提拉先生正处于高度紧张的状态。"我昨晚难以入睡。"他说道,"今天早上R国政府的一位官员打来电话说情报局的工作人员都十分担心,他们请求你帮助弄清周围发生的这些可怕事件的真相。"

伯克特大声地说道:"阿尔瓦雷斯的家人们将寻找胡安的希望寄托在你身上了。他们认为或许有名的A国公民能够安全把胡安解救出来。"

"我也请求你,"卡斯提拉继续说道,"我的脐橙种植业也正遭受损害。工人们都躲起来了,全村的人都受到了这件事的惊吓,这让我很不安,我希望你能驱散他们的恐惧!"

"我们会尽力的,卡斯提拉先生。"汤姆承诺道,"所有发生的这些事都会得到解释的。"

"现在,"巴德说道,"这就像一个拼图游戏,但是不用担心,先生。汤姆·斯威夫特是世界第一的拼图高手!"

汤姆谦虚地表示自己并没有那么厉害,然后向大家宣布了他们必须回家的消息:"但是我们会很快回来的。"

伯克特开车送汤姆和巴德到首都,没有直接到飞机场,而是将车停在了市中心,因为汤姆和巴德想要尝一尝R国的特色美食。他们在一家露天餐厅里找到了空位，很快就尝到了这家店的特色菜。

"这顿饭的费用相当于去南美洲的机票钱。"汤姆边说边转动刀子打开了一个多汁的海鲜。

"你说的对。"巴德尝了尝美味可口的水果沙拉后，赞同地说道。

一个头戴宽边帽，肩膀上挂着一件鲜艳外套的印第安人从座位上站起来朝着出口走去。经过汤姆他们时，用胳膊肘撞了一下他们的桌子。

"怎么——？"巴德刚要说什么。

"看！"汤姆打断他，指着某处。

桌子上放着一朵深红色的花，花瓣好像一个精致的杯子，在阳光下闪闪发光。汤姆和巴德认出它是R国的国花，风铃花，他们曾经看到它们开满山间和路边。

这枝花的长茎上绑着一张纸条，汤姆拿起纸条在桌子上铺平。纸条上只写了几个字，汤姆大声地读了出来：

"阿尔瓦雷斯——瓦尔迪维亚！"

"瓦尔迪维亚是谁，或者说瓦尔迪维亚是什么？"巴德问道。

"我们最好问问送信的人！"汤姆回答道。

他们快速付完钱跑出餐厅，刚好看见那个印第安人消失在街边的人群中，他正朝着的一条繁华的林荫大道走去。

 第四章 被雪人绑架

"我们能拦住他!"汤姆说完向前冲去,巴德紧随其后。

他们用手肘推开人群,眼睛一直盯着那个男人。当二人离开路边冲向马路的时候,他们听见了刺耳的喇叭声、尖叫声和大声警告。

一辆急速行驶的车直冲他们开去。

微信扫码
- 科普视频
- 趣味动画
- 脑力测试
- 交流园地

第五章 热 岩

汤姆和巴德迅速闪到了一边。那辆车就在离他们只有几英寸的地方倾斜了过去！一些行人开始批评这两个年轻人太不小心。一名警察拦住了他们，告诫他们过马路时要遵守交通信号灯。此时，那个在他们桌子上扔下风铃花的印第安人已经消失了。

巴德正在跟警察道歉的时候，汤姆突然来了灵感，于是，对警察说道："警官，我们到哪儿可以找到瓦尔迪维亚？"

"先生，往南走大约400米就到了。"

"这么说，瓦尔迪维亚是一座城市。"就剩他们二人时，巴德说道。

"我敢打赌，那条信息的意思是阿尔瓦雷斯正被囚禁在那儿。"汤姆大叫道。

于是，他们叫了一辆出租车去机场，随后驾驶着他们的喷气式飞机飞往瓦尔迪维亚。从飞机上往下看，这座城市在太平

第五章 热岩

洋附近的两条河流交汇处的周围伸展开来。多沼泽的两条支流向两边延伸。下了很久的大雨之后,现在阳光灿烂。几艘满载各类产品的船只停泊在码头,形成了一个繁华的海滨市场。飞机飞得较低时,他们还可以看见许多色彩斑斓的水果、蔬菜和花卉。在一艘船上,他们看见了风铃花。

"难怪人们把瓦尔迪维亚叫作R国的威尼斯。"巴德说道。

接收到机场指挥塔台的着陆指示后,汤姆驾驶着飞机平稳落地。二人分头行动,扩大搜索阿尔瓦雷斯,并约好三个小时后机场见。

约定时间马上就要到了,汤姆正搜索海滨区时,听见一个声音在叫:"斯威夫特?"

他转过头,看见一个小男孩手里拿着半个类似椰子的刺球,汤姆看他的时候,他正把手指伸进那个洞里,然后将果肉拿出来放进嘴里。

"这是吃海胆最好的方法,不是吗?"汤姆用×国语问道,"现在,你知道我的名字了,接下来呢?"

这个男孩做了个手势让汤姆跟着他上了一条船,船的甲板上放着红色、粉色和白色的风铃花。他指着一扇低船舱的门,汤姆上前敲了敲,没有任何回应。于是,他推开门走了进去,发现里面只有他一个人。这时,汤姆身后的门关上了,门闩被猛地插上。汤姆被锁起来了!

船只轻微地摇晃了一下，汤姆知道有人上船了。他听见那个男孩用×国语说道："我很容易就抓住了斯威夫特，我根据照片认出的他。"

只听一个男人回答道："做得好，这是给你的报酬。"然后，男孩欢快地吹着口哨跑开了。

这时，传来另一个男人的声音，询问要怎么处置人质。那个男人回答道："高个子在洞穴那边办完事后会决定的。谁知道他要怎么做呢？可能会将斯威夫特带到他的国家。"

汤姆思考着他们的对话。"高个子肯定是寻找乳齿象的那个C国人。"他想着，"但是他怎么知道我在R国？C国间谍一定是刺探到了情报！"

那个男人叫了"斯威夫特"好几遍，但汤姆没有发出任何声音。"那个小男孩不会骗我吧？"他咕哝着，"我必须亲自看看他是否把斯威夫特抓过来了！"

这时门闩被拉了回去。汤姆做了一个准备击球的姿势等着那个男人将门打开。正当那个男人身子前倾向船舱里看时，汤姆快速向前冲去，将他撞到了一边。另一个男人站在他的旁边，他们俩同时抓着汤姆，但汤姆挣脱了出来，从甲板跳上了码头，码头上来赶集的拥挤人群为他很好地做了掩护。

"警官，"汤姆气喘吁吁地对刚才见到的那个警官说道，"我想要举报一起蓄意绑架案。"于是，他快速地向警官报告了案件细节。

第五章 热岩

然后，他们迅速跑回案发地点，发现那艘船已经消失了。那位警官让汤姆一起回警局总部以便他提出控告。

巴德也在那。他早就向警方报了案。当他们二人从警察局出来时，大雨哗哗地下了起来。

"R国的威尼斯？"巴德开玩笑道，"我觉得这更像R国的热带雨林！我们好像正好赶上了瓦尔迪维亚的雨季！"

"意思是——马上到一个气候干燥的地方，"汤姆回答道，"阿尔瓦雷斯好像不在这。"

于是，二人乘出租车来到了机场，驾驶着他们的喷气式飞机飞往A国。航行途中，无线电发出响声，斯威夫特先生给他们发来了一条消息：

你们降落到企业集团后就马上来我的办公室，我有重要消息告诉你们！

汤姆和巴德刚走进办公室，斯威夫特先生说道："首先，关于物质传输器，我在你建造的那套装置上新建了一台精密的显微幻灯太空探测器，汤姆。"

"那么，物质传输器现在可以用来检测太空物体了？"汤姆问道。

"是的，但是还有另外一些事困扰着我。"

"什么事，斯威夫特先生？"巴德问道。

"就在我用无线电给你们发消息前不久，菲尔·拉德纳和他的手下当场抓住了一对C国间谍！"

第五章 热岩

菲尔·拉德纳是在企业集团和费林担任安保部主管哈伦·艾姆斯的二把手,负责监控两地,以防止未经许可的人员进行窥探。有许多人对斯威夫特父子的发明很感兴趣,并且不断有敌方间谍试图窃取他们锁在文件夹里的机密。

"能非常确定他们是C国人吗?"汤姆询问道。

"身份鉴定他们确实是。"他的爸爸回答道,"费尔给他们建立了一份档案,包括照片。他在你的实验室里当场抓获了他们。"

"费尔知道他们的目的吗?"

"是的,他找到了他们的罪证,是代码形式的。"

斯威夫特先生两手紧扣,将胳膊肘放在桌子上,严肃地看着汤姆和巴德,他们两个正紧张地等待着听接下来的消息。

"汤姆,巴德,这真的令人震惊!这些C国间谍此次被派来的目的是偷取星际幽灵的样本。他们国家的首脑计划将这些幽灵的成分当作一件超级武器。"

汤姆喘着气说道:"接着,斯威宁完成了他的任务!他将从我们的实验室拿走的《幽灵日志》和那些放射性的流星碎片交给了C国。他们的科学家很可能已经研究出了星际幽灵的潜在破坏力。"

斯威夫特先生严肃地点了点头说道:"这大概差不多吧。这个消息已经传出去了,一些国家陷入了恐慌。他们的国家元首都已经和我国政府进行了联系,坚决让我们竭尽全力阻止星际幽灵再靠近地球。他们也希望你在世界面临灾难前阻止C国人！"

汤姆吹了声口哨，这"这是一个很艰巨的任务，爸爸！我只希望我能够完成它。我一定会竭尽全力一试的。你呢，巴德？"

"我会一直与你并肩作战的，汤姆！我们的第一步打算怎么做？"

"做好宇宙航行的准备，朋友。"汤姆说道，"我们要去找星际幽灵！"

"还要带上物质传输器，"汤姆继续说道，"看看能否弄到星际幽灵的样本。加速飞船会将我们送到火星上，但是我们有足够多的时间来证明我们的装置。"

"我明白了！"巴德回答道，"如果实验成功了的话，我们将一举两得。既能证明物质传输器能够发挥它的作用，又能带回幽灵！"

汤姆和巴德第二天一大早就出发了，乔也一起随行，负责他们的饮食。高速飞船是借助于它自身的斥力装置驱动系统起飞的，并且很快就能加速。

"哇哦，"乔说道，"这太平稳了，这都能让一个牛仔在这里一滴不撒地喝汤了！"说完他走进了厨房。

汤姆二人穿上了防辐射服，以防在使用物质传输器时可能出现辐射污染。

第五章 热岩

汤姆将显微幻灯太空探测器对准火星表面观察，随着加速飞船朝着太阳系中的红色星球飕飕移动着，显微幻灯太空探测器迅速变大。

"好的，巴德，打起精神，"汤姆提醒道，"要开始啦！我正在对准一块火星岩石！"

他按了下电子磁装置的按钮，指针围绕着转盘转动。一阵奇怪的嗡嗡声响起来，声音越来越大，然后逐渐消失了。

汤姆紧张地看着，说："我觉得我们在收集槽里接收到了火星岩石的原子。推一下那根杆，巴德，我们来看看这些岩石原子能否重组！"

接着，一阵好似石头被挤压在一起而磨碎的声音传来。一大块岩石出现在托马塞特收集槽内！汤姆从容地呼了一口气，巴德胜利地大喊。物质传输器起作用啦！

"汤姆，你成功啦！祝贺你，朋友！"

"谢谢你，巴德，现在我们去寻找那些幽灵吧！"

他们用粗视显微镜观察了一分钟，在火星上仍然没有发现神秘的星际幽灵的踪影。

"可能那些幽灵已经撤退回它们自己的星系了。"巴德失望地说道。

"有可能，但是你看前方那些流星，巴德。它们有些奇怪，我试试能不能弄到一个样本。"

汤姆又再次使用了电子磁装置，一颗流星突然出现在收集槽里，巴德读取了辐射刻度盘上的数据。

汤姆将这些数字记录在了他的笔记本上，迅速计算了一下，说："这些和我们在太空站曾经检测过的那些碎片一样，都是亚原子波，只是它们更加强烈一些。那些幽灵很可能正用它们的辐射感染我们的太阳系！"

巴德还没来得及回答，一台电子装置突然爆炸，将收集槽从桌子上震了下来，盖子也打开了，那块岩石突然飞出了实验室。

一波又一波强烈燃烧的辐射从地板上弹跳到了托马塞特桌子上。它们正在桌子上发出嘶嘶的声音！汤姆和巴德摇摇晃晃地向后退，刺眼的光使他们睁不开眼睛！

第六章　星际追踪

汤姆迅速地从挂在墙上的那些科学装置中抓住了一把长柄的托马塞特勺。

汤姆使自己的眼睛远离辐射后,用计将岩石放回了托马塞特容器内,巴德"啪哒"一声盖上了盖子,刺眼的光立刻消失了。

"哇,太高兴我们能有父亲发明的托马塞特塑料了!"汤姆气喘吁吁地说道,"它真的能控制那股能量!"

"你的原子裂变体也很厉害!"巴德回答道,"如果地板不是由原子裂变体制成的话,那块热岩会把地板烧个洞通向太空!"

原子裂变体是汤姆在试用他的超音速三轮飞机时发现的一种坚不可摧的合金。

这个年轻的发明家若有所思地擦了擦额头说道:"巴德,我们必须想办法停止那个毁灭性辐射的产生。我猜想这是那些星际幽灵产生的,不管它们在哪,我们必须将它们赶出来!"

巴德将加速飞船的突出部分远离了太阳,火箭船闪着光前进,"嗡嗡"地越过外行星时迅速加速。汤姆操纵着物质传输器,做好准备,如果从显微镜幻灯中看到幽灵就立刻出发。

"真是不走运!"当加速飞船绕着冥王星转了一大圈后,朝着地球返回时,汤姆抱怨道,"我们的星际搜索并没有发现任何星际幽灵的踪迹!"

这时,乔刚好端着一盘可可饮料和三明治来到了控制中心。"终于摆脱它们了!它们这群向我们太阳系跳跃过来的家伙!"

汤姆和巴德笑了起来。夜间,巴德将加速飞船降落在了费林岛。第二天早上,一回到斯威夫特企业集团,二人就和斯威夫特先生商量了一下。汤姆想要把他的行动基地移动到R国。

"我们可以用成品零部件在卡斯提拉的大庄园里建造一个地下实验室。我可以在那里继续找寻星际幽灵和神秘的乳齿象。"

"并且用计谋打败C国人。"巴德说道,"让他们以为你已经放弃了星际幽灵计划,他们会以为你正集中精力寻找乳齿象。"

斯威夫特先生同意这是个好想法。汤姆用无线电跟卡斯提拉联系,跟他描述了一下这个计划。"这是我们打败C国人的唯一机会。"他补充说道。

第二天早上,汤姆再次检查了一下物质传输器。"绝对不

第六章 星际追踪

能给我们所面临的这股强大力量有任何可乘之机。"他对巴德说道,"我让我们的技术员在费林岛上架起了篝火,并跟他们解释了原因。此时,他们正点起篝火。我已经修好了收集槽,并做好准备再次试验变速器。目标是——费林岛上的篝火。"

他按下了电子磁装置的按钮。嗖!火焰在距离汤姆的脸几英寸的地方飞速划过!他迅速将手臂抬起来保护眼睛,并向后跳了一下。巴德飞快地抓起一个灭火器扑灭了火焰。

"这快成了一个能烧焦眉毛的东西了!"汤姆苦笑道,"聚焦设备还是没有恢复。数量调节装置可能也失衡了。我必须去费林岛看看他们点着了多大的篝火。午饭过后,到那去一趟怎么样?"

巴德说:"赞成。那个,汤姆,我们带着桑迪和费尔一起吧,就像她们总提醒咱们的,我们欠她们一个约会。"

"那会让我们重新坠入到她们的魅力里的。"汤姆回答道,"再多加一伙和我们要好的肖普顿伙伴们一起去吧,我们可以举办一个沙滩派对。"

汤姆给桑迪、费尔还有几个朋友打了电话,所有人都对这个主意充满了热情。他让乔去准备一次野炊,而乔提醒他们那个有关吃掉所有剩饭的规定后说道:"没问题,牛仔。我拿了一些冻羊肉,一片硬了的奶酪还有一些青豆——"

巴德打断了他说道:"好啊,乔。但是不如拿出一点点新鲜东西怎么样——像我昨天看见你藏在你的冰箱里的那块熟火腿。"

乔眨了眨眼睛说："那是我为今晚准备的特色菜，但是既然你们这两个太空牛仔今晚不在这，我就先把你们的那份给你们吧。"

"八份，"巴德提醒了一下这个厨师，"我们还有另外两个女生和两个男生一起去，你不会让他们挨饿的，对吧？"

乔表示同意，于是，在篮子里装满了给每个人的食物。

汤姆和巴德先行飞往费林岛去检查那个篝火的残骸。"这太了不起了！"一个技术员说道，"那团火像魔法一样就在我们眼前消失了！"

"你们这些人点燃的篝火很显然要比我实验室里调焦装置显示的大得多。"汤姆回答道，"物质传输器的调节装置还需要改进一下。"

其他年轻人都到达时，汤姆命令启动岛周围的保护网。然后，所有人都来到沙滩上准备举办他们的派对。每个人都高兴地笑着叫着快速跑向沙滩，进入水里。

"我们来做个实验吧！"汤姆提议道。

"相信我哥哥吧，"桑迪笑道，"他脑子里老是有一些科学的东西。"

"什么实验，汤姆？"菲利斯·牛顿问道，"另一个发明？"

"是的,菲利斯。这是我的声呐定位钢笔,一种类似于我的铅笔无线电一样的仪器,只是它是在水下使用的,你可以帮我测试一下。"

"我应该做什么?"

"拿着这支声呐定位钢笔游到那块岩石附近,我会往相反方向走并且向我拿着的这支大声喊话。我们看看在你浮上水面呼气之前是否能够听见。"

菲利斯直接进入了水里,在水中踢了几下,向着岩石游去。

汤姆站在沙滩上大声喊了几次:"菲利斯·牛顿!"

菲利斯在岩石上浮出了水面,然后游回了她的朋友身边。"我能模糊地听见你,"她跟汤姆解释道,"但是我听不清你在说些什么。"

桑迪直率地说道:"如果你连自己的名字都没听懂,菲利斯,我想说那个声呐定位钢笔要修一修了。"

"改天吧。"巴德催促道,"我得说现在是吃东西的时间啦。"

汤姆笑道:"好的,这个小装置可以等一等。无论如何,我知道这个原理是对的。大家都在岸上吧?"

桑迪数了数人数宣告所有人都在场。汤姆再次命令启动岛上的保护网,这群人在月光下聚到了一起进行野餐。乔准备的篮子被打开,美味的食物接着以极快的速度被一扫而空。

"汤姆,"一个男孩边嚼边说道,"你看起来总是在四处奔波，为什么？"

"我觉得他是有旅行的渴望。"其中一个女孩说道。

"那是成功的代价。"她的同伴叹气道，"如果国家元首请求你拯救他们的国家时，你会做什么？"

"下一步会怎么样，汤姆？"另一个人问道。

"你会相信吗？R国。"巴德说道，"那是我们行程的下一站，我们明天晚上就出发。"

汤姆做了一个吉他，开始随意地弹奏起来。这些年轻人随着这首流行歌曲的轻快旋律一起跟唱。男孩们朝着沙丘冲去，希望能给在那边的人一个突然袭击，女孩们也跟了上去。

"没有人在那，"巴德说道，"那是风。"

"不，有人刚刚在那！"汤姆大声道。他指着沙滩上的四个洼地说道："这些印记是有人跪在这里弄的！"

"他一定是一直在观察我们。"桑迪说道。

"但是为什么？"菲利斯问道。

"这就是我要查明的！"汤姆冷酷地说道。

他气愤地召集了安保人员，并查问间谍是怎样逃脱这个精心制作的安全预防措施的。

"他是在防护网还没有启动的时候潜进来的吗？他还在岛上吗？"汤姆向他们抛出了一连串的问题。

他的员工立刻展开大范围搜索。很快，他们向汤姆报告结果——没有迹象显示有任何非法人员在费林岛。

第六章 星际追踪

现在，沙滩派对已经被破坏了。这群人乘坐着巴德驾驶的喷气式飞机回到了肖普顿。

第二天一大早，巴德发现汤姆在他的实验室里正认真研究一个复杂的装满电池、金属丝、接收器和监视装置的面板系统。

"无线电？"巴德问道。

"译码无线电。"汤姆回答道，"你早就知道根据这样的问题'如果你不懂这门语言，你怎么能把它解释出来并且翻译成英语呢'，我一直不知道怎样用电脑分析世界上大多数的已知语言。"

汤姆说利用从这个分析中得出的原理，能够设置电脑程序翻译任何一种新的语言。

"译码无线电进一步地采取了这个原理，"他继续说道，"星际幽灵所发出的无线电波有一个规律，看起来像它们之间一种特殊的交流方式。我和父亲一直在研究译码无线电，希望它能够分析出那些无线电波，并且告诉我们是什么意思。"

"也就是说，你可以和星际幽灵进行沟通了！"巴德惊讶道，"我们最终追上它们的时候，我们可以跟它们说'嗨！你好吗'！"

"哇！"汤姆咯咯地笑道，"你想得太远啦！我只希望我们能够告诉它们一两句话就可以了。就是这样，我们也得花好长时间才能达到这种程度。"

"汤姆,你觉得它们知道自己对我们来说很危险吗?"巴德问道。

汤姆耸了耸肩继续说道:"现在的问题是我正在研究将星际幽灵无线电波编入到译码无线电程序里,使我们能够分析和翻译,这样我们就能够说出它们的语言了!"

汤姆全身心研究译码无线电几个小时后,和其他几名专家一直修理物质传输器的一名科技人员走了进来。

"汤姆,"技术员报告道,"我们修好了物质传输器,等你来测试一下。按照你吩咐的,我们集中修理了数量调节装置。就目前我们来看,机器一切正常。"

"很好!"汤姆说道,"弗莱德,你协助我一起试验一下怎么样?"

"好的。"

汤姆举起一个蘑菇说道:"这是我从乔的食物橱里偷来的。弗莱德,假设你拿着它到城外郊区的比克山顶。当你把它放在山顶后,你用对讲机告诉我。然后,我看看我能不能用物质传输器把它带回来。"

这名技术员带着那个蘑菇离开了,15分钟后用对讲机说他已经把蘑菇放在了比克山顶。汤姆按了一下电子磁装置的按钮,几分钟后,蘑菇出现在了收集槽内。

"好使啦!"他兴奋道。

接着一个又一个的蘑菇出现了。

第六章 星际追踪

"它好使过头了！"巴德大喊道。

三人被瀑布般进入机器又涌到地板上，犹如洪水一般的蘑菇跟随着。三人好像被迅速上升的蘑菇潮淹没在实验室里。

"快关上它！"巴德大叫道，"快关上，不然我们会被这些蘑菇闷死变成烤肉排的！"

第七章 智斗敌方

大量的蘑菇一直漫到他们的腋窝下,汤姆艰难地走了过去,关掉物质传输器的开关,才阻止了蘑菇的继续涌出。

汤姆和巴德沮丧地环顾着四周,这位年轻的发明家汤姆抱怨道:"这个数量控制装置还得重新设置啊。我设计的运作方式不是这样的,我是希望它能重新组合一个物体,而不是使它加倍。"

巴德拍去肩上的蘑菇。"说得对,神童。我很庆幸物质传输器带来的不是石头堆成的峡谷,否则我们都会被活埋于此。"他大声说完,然后补充道,"我还不知道这原来还是个合二为一的发明。"

"我也不知道。"汤姆回答道,"我好像想到什么了,比如说什么东西都大量生产!我一有时间就朝这个方向努力。"

男孩们相互凝视了一会儿,此时这种幽默的情绪使他们开怀大笑起来。

巴德擦拭掉眼角的泪水,说道:"这些蘑菇出现的速度连电脑都无法计算！"

汤姆恢复了镇静，问道："巴德，我们该怎么处理这些蘑菇啊？我们总不能将它们留在这，弄乱整个实验室吧。"

"将它们吃掉如何？这样吧，汤姆，打电话给乔，告诉他我们这有些剩下的菜。"

乔显得非常热衷于此，答道："剩下的蘑菇？在这，蘑菇可是我的招牌菜啊朋友们！我很喜欢在煎蛋卷中放点蘑菇。你那的蘑菇是不是够吃好几顿啦？"

"是的，乔。"汤姆冷静地回答道。

乔赶忙从厨房向实验室走去。推开门后，看到汤姆和巴德腋窝以下全被埋在蘑菇里，顿时他目瞪口呆，直直地站在那一动不动。

"哇！我的天哪！"乔咽了咽口水，"我这辈子从来都没见过这么多的剩菜！看来仅靠放煎蛋卷里这一种方法是吃不完了。"

当巴德向他解释发生了什么的这点时间里，乔向企业集团的厨房打了个求助电话。"赶快过来！"他以命令的口吻对接电话的厨子说，"厨房里的所有人都过来！把空桶空箱，能带的都带来！我们需要把这么多的蘑菇都搬走呢。"

"乔，等会儿！我们最好还是先看看这些蘑菇适不适合食用。"很快对蘑菇进行一系列测试之后，汤姆宣布结果是无害的，"和市场上的蘑菇一样，是安全无害的。这都是你的

第七章 智斗敌方

了，乔。"

乔这便开始了行动，很严厉地监督着那些人将物质传输器的产物打包进箱。当最后的蘑菇被清理干净，地板也打扫干净后，打包的人每人拿着重重的箱子，陆续退出了实验室。乔将其中一箱放进了冰箱冷冻起来。

那天中午，餐厅的主菜是蘑菇煎蛋卷配蘑菇酱。而且斯威夫特的每个雇员都得到了一份烤蘑菇当配菜。

"好吃。"巴德赞赏道，"但你是不是太偏爱这一道菜啦？"

"你们还没见过什么世面啊。"乔反驳道，"你们给了我这么多的蘑菇，我当然要尽我所能给你们露一手啦。"

汤姆花了一整个下午彻底检查了物质传输器的数量控制装置。巴德则彻底检查了喷气式飞机。

斯威夫特先生已经到达了R国，现在正在卡斯提拉的大庄园建地下实验室。他是乘坐蓝天女王号来的，并且带来了必要的仪器。

4点的时候，巴德走进了汤姆的办公室，向汤姆报告："飞机一切准备就绪了，汤姆，只要你一声令下，飞机就可以起飞了。"

"我们不和他们一起去。"

"你说什么？"巴德被汤姆的话语惊呆了。

"执行行踪不定路线政策，我们要用计谋对付C国人。

科尔·琼斯和哈里·劳顿将代替我们乘飞机去。"汤姆对巴德说。

这两名飞行员都是斯威夫特企业集团值得信任的人。

"科尔与哈里和你我很像,"汤姆继续说,"个头和体格都很相似。从远处看很难分辨是他们还是我们。所以C国的间谍男孩们会以为在我们飞机上的科尔和哈利是你和我。"

"然后就可以跟踪他们了。"巴德面带微笑地说。

"对。当那些间谍正集中精力于科尔和哈里时,你、我和乔可以乘坐民航班机,在不引起任何人注意的情况下,悄悄溜进S城。"

两个替身当日下午6点就乘坐企业集团的喷气式飞机去S城了,他们可以不用遮遮掩掩。巴德、汤姆和乔则于次日在纽约城的汽车旅馆秘密聚集,搭出租车去了机场。

"现在我们要分头行动了。"汤姆发号施令,"我们要装作谁都不认识谁,这是你们的票。我已打探清楚了,我们的座位在不同的位置。大家要随时注意身边的事。"

乔半信半疑地看着他们,接过了机票,反对道:"有必要这样吗?我们躲避的又不是流氓,我们有的是办法,关键时刻,为什么不和他们摊牌呢?"

"那一刻可能比你想象的要来得早呢。"巴德警告他说,"我敢肯定,当C国人来寻找我们时,他们一定是全副武装的。"

第七章 智斗敌方

"还有,在接近他们之前,我们必须要知道他们对我们了解多少。"汤姆指出。

他们三个人托运好了行李,登上了前往S城的飞机。汤姆总是小心翼翼地保管自己的包。因为包里装着译码无线电,他可不想让这价值不菲的语言分析器受到任何损伤。

飞行途中一切相安无事,而后飞机降落在了R国的首都。汤姆和乔找了一家一流酒店,可以俯瞰S城繁华的大街的,在这里可以看到这条繁华街道的全景。他们使用了假名登记住宿。

巴德在机场租了一辆轿车,出发去卡斯提拉大庄园。他边飞速开车,边欣赏沿途的风景。毕竟他要从首都到山林的庄园去,路程有一百多千米,所以他也没道理浪费时间。

他心想:"那次和伯克特一起来过,希望我还能记得路才好。"

再说S城这头,乔晚餐后出去散步了。汤姆不受距离影响,乘坐观光巴士去了城中心。

卡尔·琼斯和哈利·劳顿准时到达。汤姆拉了拉自己的左耳,表示想知道自己的计划是否成功。

科尔从自己的胸袋里拿出一块手帕。将它展开,再仔细地将其折叠起来,然后放回自己的口袋里。

"C国人上钩了。"汤姆解读到了对方的意思。

他不敢直接与科尔和哈利对话,用手做了一些不易察觉的手势，他们知道汤姆是在告诉他们开始执行计划的主要步骤，那就是引C国的追捕者到R国的太平洋沿岸，然后自己回A国去。

哈利摘掉草帽，拿到手里以暗示收到信息。而后他和科尔消失在小斜坡的尽头。

汤姆开始向巴士走去。没走几步便被一个高高瘦瘦的，戴着宽边软帽的男子拦在了街灯下。

"打扰一下，"男子用英语说道，"您有火柴吗？"

汤姆大吃一惊，这个男的一口明显的C国口音。

"不好意思，"汤姆突然用×国语说道。"我不懂你说什么。你只能去找说这种语言的人了。"

汤姆匆匆离去，感到心神不定。"看那家伙的身材好像是我们以前听说过的那个高个子。"年轻发明家汤姆陷入了沉思，"不知道他有没有认出我来。"

汤姆高度戒备，看这陌生人是不是尾随于他。直到确定自己在没被跟踪后，他才回到了酒店。

乔在房间里睡着了，随后汤姆也上床睡觉了。这一组三人中只有巴德还未入睡，他现在正颠簸着穿梭在山麓间。车头灯的强光照在花草树木上，照在富饶的土地上，照在整洁的农舍间。

"这好像不是我所熟悉的路。"过了一会儿，他对自己喃喃自语道，继续前行。最后他才意识到，由于转错了一个弯，

使自己在这山间迷路了。

汽车的发动机发出了咳嗽般的噗噗声,忽然启动了一下,然后就彻底熄火了。"居然没油了!"他抱怨道,"我已经朝正确的方向开了一大段距离了,或许大庄园离这已经不远了。"

他看了看地图,决定抄小路穿过树林去卡斯提拉住宅。走了几千米后,他的手电筒也没电了,他只能自己一个人在树丛间摸索前进,在小山上,一块巨大的岩石在最高处突出来,直指苍穹。

巴德艰难地往小山上爬,希望在登到顶部时能看到大庄园。

一声刺耳的咆哮声使他停住了脚步。他闻到一股类似动物身上的强烈的味道。一想到可能有熊或美洲豹之类的凶残的野兽在岩石后面,他全身都起了鸡皮疙瘩。

一个高大的人形出现在岩石的阴影后面,直接挡住了他的去路,满身蓬松的白色毛发。接着那个生物朝巴德咆哮了起来,他几乎没时间想,这是否是传说中的雪人。

第八章 燃烧攻击

这个样子恐怖的生物突然举起双手，做出一种威胁人的手势！黑暗里，巴德看不清它的样子，但也没有等着它靠近。一想到自己将被这残忍的怪物所擒，他飞下山丘，逃进了黑暗的森林里。

巴德气喘吁吁地在树木和灌木丛中磕磕绊绊地前进。那个怪物咆哮着追他大概有90米的距离，突然身后的声音停止了，他趁机在脚下水沟里的岩石旁停下来喘口气。

"我得想个对策。"巴德自言自语道。

由于那个怪物潜伏在山顶，他也不敢走那条小路了。既然已经冒着在树林里走失的危险了，现在换方向走已经毫无意义了。他打算在岩石边躺着等待天亮。渐渐地，身体的疲惫冲走了心中的恐惧，他怀着忐忑不安的心情，进入了梦乡。

尽管汤姆躺在酒店舒服的床上，但他还是睡得不踏实。他辗转难眠，心里不断地问自己："在那高个子认没认出我呢？如果被认出了，我该如何应对呢？"他忧心忡忡，很早就起

第八章 燃烧攻击

来了。

吃完早饭后,汤姆租了辆车,前往和乔约好见面的某个街角。乔坐上车后,还得意扬扬地说自己昨晚睡得相当好。

"这是意料之中的事。"汤姆笑道,"你怎么会睡得不好,连地震都吵不醒你。"他边说边以飞快的速度开车驶向卡斯提拉大庄园。

车在山麓上行驶着,忽然他们听到了微弱的哭声。乔将一只手搭在他的伙伴的肩上。说:"别激动,伙计。我们的车开得太快了,我都看不清那个想要搭车的人长什么样。"

汤姆踩下刹车,然后盯着那小山丘看。"乔你看,那人看起来像是巴德!"

巴德跑向他们时,这个厨子说道:"我的天哪,伙计。你为什么在这儿东奔西跑的?"这时,年轻的巴德跳上了车。

汤姆踩下油门,三人全速前进,巴德则和同伴们讲述自己和那庞然大物的奇遇。他还说,自己本来是在岩石旁边睡着了的,直到汽车声将他吵醒。他就跑下来,看看能不能搭个顺风车。

"你看到的那个庞然大物可能就是传说中的雪人了,村里的人都闻风丧胆呢。"汤姆说道,"你能带我去遇见它的地方吗?"

"我能的!那地方我这辈子都忘不了!"巴德激动地说。

"那我们今天下午骑马去吧。或许还能查出那生物到底是什么,还有它的藏身之处。"

汤姆也和巴德简要说了一下自己和那个瘦高男子的相遇。"C国人很可能已经知道我们在这了。"汤姆边把车开进卡斯提拉大庄园的路口,一边补充道。

果农同伯克特和斯威夫特先生正在等候他们。"我们的两个R国工程师正为寻找阿尔瓦雷斯和乳齿象洞穴而全力搜索整座山。"卡斯提拉汇报道,"不过至今也没什么收获。"

"我会派人带一桶油将你的那辆抛锚的汽车开回来,"伯克特对巴德说道,"从你对地形的描述来看,车应该在过山丘不远处。我会将两辆车都还回那个汽车租赁公司的。"

几分钟后,乔大声喊道:"都过来吃饭!"在卡斯提拉的"盛情邀请"下,这个厨师走进了厨房,做了第二顿早饭:"炒鸡蛋和——"

"蘑菇!"巴德猜道。

"完全正确,哥们!我带了整整一袋来呢。"乔回应道。

"我们应该好好酬谢你,乔。"巴德说道,而后朝汤姆使了使眼色,"要不你和我们一起骑马去山里吧,如何?"

"当然没问题啦,哥们。怎么会放弃如此的机会!"

第八章 燃烧攻击

乔走出厨房后,巴德低声对汤姆说因为这无穷无尽的蘑菇餐,他准备对乔略施惩戒。

"到时去山上,我会好好吓一吓乔这家伙的。"巴德高兴地说。

斯威夫特先生带着汤姆和巴德穿过已在搭建的实验室。"这个实验室是在距离房子不远处的那些低瓦建筑的下面,"他解释道,"除非有你的泥土爆破器,否则这项目很难完成,汤姆。那台机器能像嚼糖果一样把岩石弄碎!它能立即将这片土地挖空。"

实验室有两个房间。一个是专门为常规的工作而设的,里面装着一台全方位探测器。汤姆的合成潜望镜和粗视显微镜为此做出了不少贡献。探测器的探测管能映射出地面其中一座建筑后方情况。

斯威夫特先生将他们带入了第二个房间,和他们介绍道:"汤姆,我们将星际幽灵带到这进行操作,如果你能成功把样本带到地球上,我们就能在这边设置物质传输器,然后把收集槽设在那儿。"

"大学那边收集槽建得怎么样啦?"汤姆问道。

"恐怕没那么顺利。以前的那份计划不见了!那些教授觉得是那个C国间谍偷走的。我已经给他们发了一份副本,但是对我们来说,这已经慢了一步。"

"我们最好做好没有物质传输器的准备,爸爸。"

"是的，汤姆。"他的父亲也赞同，"可能你要依靠你的X射线放射器释放能量，将乳齿象从冰里弄出来了。这就是为什么我将蓝天女王停在远处的山谷里，并让一名基本船员看守。你的飞行实验室可以将这个野兽传送过去。同时，飞行员也准备好了一架普通的飞机，随时待命，以备不时之需。"

巴德正四下环顾这错综复杂的地下环境。"斯威夫特先生，这个实验室里有多少个入口？"他问道。

"这里有两条隧道，巴德。一条通向我们刚才进来的大庄园酒窖，另一条则通向马厩。那两处地方都经过了很好的伪装，就是为了防止入侵者发现它们。"

午餐后，汤姆打开了他的手提箱，制作了一个译码无线电模型。斯威夫特先生同意当他们二人和乔骑马去巴德见到白色怪物的地方时，用一下午的时间研究那台机器。

"我真是迫不及待地想骑马了。"乔咧着嘴笑了起来。

卡斯提拉先生为他们准备了三匹好马，戴上了马鞍。汤姆和巴德敏捷地骑上了马背。乔以前在大草原上看过牛仔骑马，他学着当时那些人的样子，装得有模有样地，摇摇摆摆骑上了马。他的双腿向内弯曲，紧紧地夹着那匹马。

"好啊！"他喊叫着，手还挥动着帽子，"让我们向小山坡进发吧！"

"走这边，哥们儿。"巴德大喊道。

他跟着伯克特所指引的方向，骑着马开始飞快地跑起来。

巴德到达山丘顶上的岩石旁时,放慢了速度,等待其他两人的加入。

"乔,还记得我说过昨晚我在这山上遇到雪人吗?"巴德说道。

"当然记得!"

"你看,这就是我遇到它的地方!不知道今天它会不会出现。"

"别这么说,好哥们。"乔说道,一副心神不宁的样子,双眼紧盯着通向悬崖的狭窄小路,"我来这可不是为了与那残暴的怪物邂逅的!"

"但或许那怪物想见见你呢,"巴德故意捉弄乔,"又或许它将你的马吓得绕着安第斯山跑呢?"

话音刚落,那三匹马忽然暴跳如雷,变得狂怒起来。马儿喘着粗气,猛然弓背跃起,然后沿着峭壁突出的狭窄壁架狂奔而去,那壁架距离悬崖也就几百尺的距离。

汤姆和巴德用尽全力控制着他们的马。"小心,"汤姆喊着,"否则我们会掉下悬崖的!"

"我无法控制这马!"巴德向后面喊道。

马儿最终还是停了下来,但是狂暴地蹿跳着,忽然一双手紧紧抓住了它们的缰绳。

"咳!你们这些不省心的家伙,吁!停下!"乔命令道。

他从自己的马上跳下来,竟奇迹般地紧紧抓住了其他两人种的缰绳。他很快制服了受惊的马。

"谢谢你,乔。"巴德深吸一口气,"作为骑手,你比我想象中要强很多。我和你开玩笑时,我根本想不到会发生这一切。"

"我在想,我们的马是受到了什么惊吓。"汤姆开口说道,"难道是它们闻到了山中不明生物的气味才导致如此的吗?"

他下了马,步行回到马儿受惊吓的地方仔细观察起来。"我没看见有什么痕迹啊。"他说,"我也不相信会有什么传说中的雪人。但这确实令人匪夷所思。"

"或许昨晚我看到的只是人伪装而成的。"巴德猜测道。

"也可能是个C国人。"汤姆发表意见,"我们真该往这方面想想。"

三人骑马回到了庄园,回去后得知那些R国工程师又一次寻找阿尔瓦雷斯和乳齿象无果而返。卡斯提拉和伯克特询问了当地的居民,也还是无从得知山洞的具体位置。

"看来是没希望了。"卡斯提拉抱怨道。

"尽管如此,我们还是不能放弃!"巴德表了决心,"我们得想想别的法子了,汤姆!"

乔走了进来,让大家去吃饭。他现在已和庄园里的仆人成了朋友,还将蘑菇也分给了他们。

他严肃地说道:"接下来将为你们提供的是蘑菇惊喜。第

一道菜是×国蘑菇煎蛋卷。"巴德虽乖乖将其心甘情愿地吃掉，但是他还是更加喜欢别的食物。

那晚，汤姆为了检测他的全方位探测器熬夜到很晚。他通过探测器仔细观察太阳系，寻找火星，但发现角度偏高。调整角度后又偏低了，之后采集的地球风貌，发现大多数都是安第斯山顶。

他刚想要调整方向，忽然在山顶上的某样东西吸引了他的注意。"是一圈蓝色的火焰！"汤姆感叹道，"就是这个现象吓坏了印第安人！"

他叫了一声巴德，巴德匆匆忙忙地走了进来。不一会儿他们就商量出了行动计划。套上登山装备后，他们坐上卡斯提拉的一辆吉普车出发了。当他们来到山脚时，汤姆和巴德开始向上爬。

"火焰溢出来了！"巴德喊着，他们已接近了顶峰。

"无论如何我们也要看上一眼再走。"汤姆喘着气说，"我们或许能从中发现线索。"

到达山顶，他们可以看见灯光在遥远的西部闪烁着。在他们附近，山脉连绵起伏，黑暗在山峰间相互交替。

正当汤姆和巴德注视着远方时，一个火圈突然在汤姆和巴德周围燃烧起来。火焰越来越近，瞬间就烧到了他们的大衣上。

第九章　译码无线电营救

"快点啊,汤姆!"巴德惊慌地喊道,"这里没有其他出口了!"

巴德用双臂掩住脸,投身前进,好像一个后卫试图带球冲过对方防线。汤姆跟在他的后面,二人艰难地在火圈中前进。

火焰烤焦了他们的派克大衣,并将其点燃,二人扑到雪地上打了几个滚,不停扑打着火处直至熄灭。

汤姆不安地看着他的同伴:"你还好吗,巴德?"

"骨头还没断,但是会有一些瘀伤提醒我这次事故!"

二人站起来看见那个火圈像刚刚突然燃烧起来一样突然熄灭了。汤姆一条腿膝盖跪地检查刚刚被火焰燃烧至已经变色的雪。

"是一种含硝酸铜的化学物质造成的。"他判断道,"这种材料被用于烟火,有人把它撒在雪地上,然后将其点燃。不管是谁做的,他一定藏在附近。"

汤姆朝一堆白雪覆盖的岩石后面看去,弯下身子捡起了什

第九章 译码无线电营救

么东西,说:"这就是我们的证据,烧过的火柴,巴德!"

飞行员巴德冷静地看着,说:"在该领域有一个间谍网,C国一定在这山上有一个藏匿处,汤姆!"

二人从山坡上下来时,刮起了狂风,天空开始下起了大雪。

"我们被真正的暴风雪困住了!"汤姆抱怨道,他躲到了一个结冰的突出地方下,这样就不会迷失方向。

突然,巴德一把抓住汤姆的胳膊肘:"听!"

他们听见有人在用C国语低声交谈,他们都能听得相当明白。

"我们必须阻止斯威夫特!"

"如果只有我们的机器过来,"另一个人回答道,"我们就能够带走乳齿象然后离开。但是机器还没有完成,五天后才能到这。"

随后,声音逐渐消失。汤姆和巴德两人互相凝视,那些说话的人藏在哪呢?

"我觉得那是声学的反常现象。"汤姆说道,"他们可能在很远的地方,而我们听到的是回声。"

"我们把这事放一放,先去庄园吧。"巴德说道,"暴风雪越来越大了,我们可以回来下次再找他们的藏身之处。"

"好主意,巴德。我们知道那些C国人五天之内不能带走乳齿象。他们的机器到达之前,这给我们留了点时间筹划我们的策略。"

回到庄园，他们发现斯威夫特先生十分不安。他一直在研究物质传输器，而实验过程中，发射器波束停止自喷。

"屋漏偏逢连夜雨啊。"汤姆的父亲抱怨道，"我们从太空朋友那里又得知了一个消息！"

"他们怎么说的，爸爸？"

"越来越多的幽灵正涌入我们的星系！一大群幽灵正聚集在火星的另一端！"

巴德畏缩地说道："它们已经准备好袭击地球了吗，斯威夫特先生？"

"很可能，巴德！但是，我们的太空朋友还是不能与它们沟通！汤姆，这得靠你了。"

在物质传输器的检查中，出现了严重故障，需要一些基本的调整。

"我们不能等到它被修好了。"汤姆指出道，"巴德和我要去发射加速飞船。我会尽力用译码无线电与星际幽灵联系的！"

汤姆给斯威夫特企业集团发了一条消息，命令将他的加速飞船准备好从费林岛升空。他和巴德乘坐一辆吉普车来到斯威夫特停放飞机的山谷。

乔坚持要跟着一起去："你们这两个小牛仔单独出去的时候也不好好吃饭，你们这样吃饭会缺乏营养的！"

"我们肯定不吃蘑菇了！"巴德说道。

第九章 译码无线电营救

他们白天降落在了斯威夫特企业集团，乘坐了一架小一点的飞机飞往费林岛，他们到达时，正在测试加速飞船的最后一个燃料箱。

"一切正常？"汤姆问道。

"一切正常！"首席工程师答道。

汤姆、巴德和乔上了太空船，汤姆负责操控，从发射台起飞时太空船发出轰鸣声。地球很快就缩小了起来，月球变得越来越大，然后落在远远的后面。

火星在他们的右边不远处，汤姆从这个星球轨道上的一点确定了一条路线，这个点能够使它的轨道和加速飞船的在关键时刻交汇在一起。

"自动驾驶仪会直接带我们去集合地点。"他向同伴保证道。

"有点像是在途中阻止它们。"乔说道。他像往常一样为驾驶舱的人们端来了清晨机餐。

"别告诉我！"巴德呻吟道，"让我猜猜！烤蘑菇！"

"为什么不是呢，伙伴？"乔说道。

汤姆咧嘴笑了起来。他将太空船交给了自动驾驶仪，吃完乔端来的食物后，他和巴德洗了洗澡，睡了一会儿。因为到达火星之前还有一些工作要做，汤姆设定了闹钟。

"译码无线电一定要好好运行。"他对自己说道，"否则，遇见星际幽灵时，我们就是惹了一个超级大麻烦！"

在去往火星的最后一程时,巴德负责驾驶太空船,在与那个红色星球有一定安全距离的地方,小心地进入轨道。

"规则是:现在观察,一会再靠近。"汤姆提醒道,"我们要知道进入的是什么地方,并且不掉入它们的陷阱。"

太空船在火星附近盘旋。眼前的景象令三人倒抽一口气。在这个星球的另一端是一朵似乎由薄雾状颗粒制成的大型火烧云!还有超过数百万的颗粒从外太空涌入!那朵云以惊人的速度不断扩大。

"那些幽灵正发射出多么刺眼的光啊!"巴德用颤抖的声音说道,"快看我们的辐射计术管,它马上要坏了!"他大叫道。

"这一定是幽灵们发出的奇怪辐射!"巴德说道,"并且它正以秒速变得越来越强大!"

"我们怎么样才能阻止它们?"乔问道,"这些疯狂的生物确实是从没见过的!"

汤姆说道:"你待在加速飞船,乔。巴德和我要去外面近距离看看那些幽灵!"

二人穿上了防辐射服,进入了微型飞船。这是一种微型太空船,相当于海船上的救生艇,由托马塞特制成,太空舱可承载两个人。它是由斥力装置驱动的,可以离开母舰单独航行,还可以独立操作,并在完成任务后自行返回。

汤姆严肃地说道:"这是微型飞船进行的最大的一次

第九章 译码无线电营救

考验！"

巴德操纵着子舰向着那群可怕的跳动的入侵者飞去。他和汤姆都观察到，那些幽灵的外貌或亮度并不是由某种已知环境所造成的。

汤姆操控译码无线电给那些星际幽灵发送消息："身份证明！我们是居住在地球上的人！你们是谁？"

他和巴德驾驶着飞船离那朵含有灼热颗粒的放射性云团越来越近。

"他们好像不能理解我们发送的消息，"汤姆说道，"或回复译码无线电！"

"或许它们的无线电波太弱，还无法到达我们这。"巴德猜测道。

汤姆说："我们从右边过去，我去查明原因！虽然是冒险，但我们别无选择。我们得在离我们星系的远处与它们联系上，否则我们就要在烟雾中前进！"

汤姆提醒巴德，托马塞特不能被实验室周围跳动的放射性岩石所影响。但是，他们都在想微型飞船的托马塞特外壳能够抵挡住星际幽灵放射出来的奇怪辐射吗？

他们接近那朵火热的薄雾时，微型太空船停止了移动。巴德猛拉了一下控制杆。"发动机停止运行了！"巴德大叫道。

"那个奇怪的辐射一定是破坏了我们的斥力装置！"汤姆沉重地答道。

第九章 译码无线电营救

二人还没想好下一步怎么办时,一个巨大、闪亮的薄雾颗粒沿着救生舱的透明防弹罩闪过,然后消失在了可怕的一团东西中。不一会儿,整朵云突然加速,加大动力朝着微型飞船飞来!当这团云向汤姆和巴德涌来时,他们可以在太空船内感觉到温度,强烈的射线照进他们的太空服内。

"汤姆!"巴德喊道,"它们要把我们烧成灰烬了!"

第十章　跟踪巨人

炙热的放射性云团瞬间就将微型宇宙飞船及里面的二人包围！巴德拼命猛拉控制杆，而汤姆面对着渐渐逼近的这一大团东西再次给幽灵们发送信息。

"停下！停下！"他通过译码无线电向它们发出警告。

就在那时，就好像有人碰到了某种开关一般，颤动的云团突然消失得无影无踪。

"它们消失了！"汤姆大喊道。

"微型飞船又重新由斥力装置驱动了！"巴德惊呼道，"天呐，真是太诡异了！"

二人根本没有时间思索这个现象，直奔加速飞船，进去脱下了自己破烂的衣服，而衣服的内衬依然完好无损。

"我们很幸运，射线没有穿透。"汤姆面色严肃地说道。他整理好那两套衣服和微型飞船，一同进了密封的防辐射的柜子里。

然后，二人走到驾驶舱，乔一直在那里，他看到了他们的

第十章 跟踪巨人

这次遭遇。他牙齿颤抖地说道:"那儿有好多你们两个刚刚赶走的阴险生物!"

汤姆眉头紧皱地说道:"乔,我们不知道它们去了哪,也不知道它们会离开多久。"

巴德满怀希望地说道:"译码无线电一定把消息传给它们了。"

汤姆赞同道:"但是它们没有回应。我想再出去一下,再试着联系一次。"

随后,二人登上了另一艘救生舱进行太阳系内的搜索探险,一直飞到土星。但是星际幽灵仍杳无音信,不知所踪。

"这是我们碰到过的最令人费解的谜团。"当他们返回加速飞船的时候,巴德嘟囔道,"但愿那团云,或者雾,或者辐射带——或者不管它是什么——可以让我们搭个便车!那样的话,我们就可以多了解那些幽灵一点。"

"看着吧,"当他们准备返航时,乔预测道,"我们一着陆,那些卑鄙的小人儿就会重新控制这片空间,然后找我们的麻烦。"

"乔,你可以试着去套捕一个过来。"汤姆笑着说,"如果你不行,那我就去试试。"

"用什么套?"巴德一边为返回费林岛设置控制装置一边问道。

"物质传输器,或许我可以把一个幽灵困在收集槽里。

我们把托马塞特的内壁加厚，作为抵抗强辐射的附加预防措施。"

"你是说，这样那些生物就不能接近我们了？"乔如释重负地问道。

"或者也不能逃脱。"巴德说道。

"但愿吧，但是我们不能确定。这很危险。"汤姆呆呆地凝视了一会儿太空，"也许我们可以先让幽灵尝尝被囚禁的滋味，然后再逼它们交代。"

驾驶加速飞船返航的途中一路平静。三人登上喷气式飞机又一次来到了R国，然后在当天下午降落在山谷里。

"汤姆，你知道今天是什么日子吗？"他们爬下飞机的时候，巴德问道。

"知道，"年轻的发明家汤姆答道，"这是我们在山里听到C国人谈话后的第五天。他们可能正准备行动！"

斯威夫特先生正坐在卡斯提拉先生的一辆吉普车里等着。听到汤姆二人与星际幽灵令人惊诧的相遇后说道："你说得对，汤姆，物质传输器是我们对付他们的最好办法。幸运的是，我已经把这个小玩意儿修好了。你们两个可以继续寻找乳齿象的洞穴了。"

汤姆和巴德到卡斯提拉的庄园里穿上了自己的登山服，然后骑马动身搜索那片差点吞没他们的蓝色火焰所在的地方。到达山脚，他们拴好马缰后开始爬山。

第十章 跟踪巨人

"如果我们可以找到C国人的藏身处，我们就去打乱他们的计划！"汤姆说道，"但愿他们的机器还没到。"

"那机器也许还不能运行。"巴德说道，"我们或许可以在它运转之前，给他们点颜色瞧瞧。"

于是，二人沿着先前走过的小路继续寻找线索。他们在厚重的积雪中艰难前行，沿着陡峭的悬崖侧身缓慢移动，翻越高山。

落日照射在雪地上，光影交织，无比怪异，仿佛在这一片冰天雪地中挤满了张牙舞爪的人。

"这可不是迷路的好地方，"巴德说道，"就算搜寻人员牵着猎犬在后面紧跟着，也绝对找不到我们！"

就在此时，一个声音打破了宁静，而且声音正逐渐靠近。

"是直升机。"汤姆说道，"它在哪，巴德？"

"正从那座山峰上飞过来。"

那架直升机在空中盘旋，螺旋桨飞速地转动着。舱门打开，两三个男人放下一条缆绳，一个巨大的长方形箱子吊在缆绳末端晃来晃去。

"汤姆，那肯定是C国人的机器！"巴德轻声说，"他们为什么把它空投到这儿？"

汤姆伸手一指，说："答案在那儿。"

一个巨大的长满白色毛皮的轮廓与天空相映衬，那个生物迈着又大又笨重的脚步穿过雪地，走向直升机里的人抛出缆绳的地方。

箱子降到可以够到的高度时,那个雪人抓住箱子,把它放到一块开阔的土地上,然后解开缆绳,向直升机示意。

缆绳划开空气,飞速地卷入直升机中。随后,飞机开始移动、绕圈,仿佛是在确定地面上的一切都在按计划进行,最后,在群山中呼啸而去。

那个浑身是毛的人攥着几条皮索,拖着箱子在雪地中前行。汤姆和巴德一直等到他看不到自己,才沿着巨大的脚印跟了上去。

"这跟我们在胡安·阿尔瓦雷斯家里发现的脚印一样。"汤姆喃喃道。

"这意味着他可以带我们去我们想去的地方。"巴德说道,"别跟丢了。"

男孩子们暗中尾随着他们的猎物,绕过山峰,走到被冰覆盖的山壁间的裂缝。裂缝掩藏在积雪覆盖的石脊之后,巨大的脚印就停在那。

"天然的藏身之处啊。"汤姆观察之后说道,"我们如果自己找的话,几百年都找不到。"

"我们进去吗?"巴德问道。

"又不会有人邀请你,巴德!我想看看那个C国的机器,但是我们一定要小心。这些人如果把我们困在这里的话,可不会太好客的!"

第十章 跟踪巨人

汤姆和巴德穿过裂缝,走进一条很久之前因地震而在坚硬的石壁中辟出的通道。

"这条通道的另一头有东西在闪烁。"巴德轻声说道。

他们二人悄悄地沿着岩石地面前进。到达另一端之后,他们伸长脖子,从裂口中向外瞧。

他们看到一个很大的中空石室,石室的空地中央燃烧着篝火。一个体型瘦小、面色蜡黄的男人手脚被绑,坐在火堆旁,他面色憔悴,从他黑亮的眼睛可以看出他十分恐慌。汤姆和巴德从黑暗的通道出来的时候,那个男人变得惊慌失措起来。

"你是谁?"他用×国语恐惧地问道。

"我们是朋友。"巴德答道,"你是被绑架的村民胡安·阿尔瓦雷斯,是吗?"

"是的,先生。"那个俘虏答道,"我希望您能救我出去。"

二人一边帮阿尔瓦雷斯松绑,一边保证会帮助他。阿尔瓦雷斯站起身,揉揉被深陷的绳子勒过的手腕,然后向他们仔细讲述了自己被抓的经过。

"那是在晚上,先生们,我听到了敲门声,紧接着,一个非常高大的男人走了进来。他拿着一把左轮手枪指着我,逼我告诉他乳齿象洞穴的位置。之后,他又挥了挥手枪,命令我离开我的房子。"

"高大……"汤姆低语道,"那个问我借火柴的人。继续说,阿尔瓦雷斯先生。之后发生了什么?"

阿尔瓦雷斯的眼睛猛地瞪大,眼神里满是恐惧:"一个巨人出现了!雪人!他抓住了我!然后我就晕了,等我恢复意识的时候,就已经在这了。"

"你饿吗?"汤姆问道。

阿尔瓦雷斯虚弱地点点头,巴德从自己的帆布包中拿出一些咸饼干和一瓶热巧克力。阿尔瓦雷斯迅速地吃光了这些食物,但是拒绝了汤姆又递给他的食物。

"我在这注意到一件事,"巴德说道,"当我们用正常的语调说话的时候,听起来却像是在耳语。这是怎么回事,汤姆?"

"声学效应。我们遇到了耳语廊效应,声音在这个洞穴被减弱,但是却可以传到外面很远的地方。"

"你说得对,先生。"阿尔瓦雷斯插了一句,"拐角处的那个柱状岩石把声音传到外面。自从我被绑到这之后,几个C国人使用过好多次这种通信手段。"

"那个雪人怎么样了?"汤姆问道。

"我不知道他在哪。"阿尔瓦雷斯坦白道,"我认为他也是C国人的俘虏,先跟我走吧,我们没有时间了。"

随后,那个R国人带着汤姆和巴德在一条弯曲狭窄且倾斜向上的隧道中穿行。

"看样子,我们好像在朝着山顶攀爬。"汤姆说道。

第十章 跟踪巨人

"我们确实是在向上爬,先生,我们抵达隧道尽头之后你就会明白了。"

阿尔瓦雷斯把他们带到了一个满是石头的巨大洞室。洞室被积雪覆盖,有一个稍小一些的开放型屋顶。抬起头,就可以看到夜空中的星星。

"那个开口被环绕在四周的大卵石藏得严严实实。"那个印第安人说道,"巨大岩石的遮挡让来到这座山的人看不到这个地方。"

"现在是值得惊讶的时刻了,我能识别出这个洞底只是一座天然形成的桥。"阿尔瓦雷斯继续说道,"所以我拿走了一些石头,看看下面有什么。"说着,他指向一边的一个细小的开口。

先是汤姆,然后是巴德,都用手电照向那处。看后,两人都急促地倒吸了一口气。在他们面前,是一个结满冰的深坑,冰里是一头被冻结的巨型乳齿象!

"太壮观了!"汤姆满眼敬畏地说道。

"从它躺着的样子来看,我敢说它沉睡的时间要比里普·万·温克尔长得多!"巴德打趣道,"把这庞然大物拖走得费好大劲。不过,这家伙是怎么进来的?"

"我确定它不是像史前动物经常遇到的那样,陷入沼泽,然后被冻在底土里。"汤姆观察后说道,"这个野兽一定是被追赶到这,掉进里面,又出不来,最后被冻死,嵌入了坚冰之中。"

"这些冰是哪来的?"

"我猜,应该是从地下泉眼中渗流出来的。水势涨起,淹没了动物,然后在它周围冻结,所以它可以从那时起一直被完美保存到现在。"

汤姆弯下腰仔细观察这座天然桥,补充道:"岩崩可能促成了这座桥的形成。"

"我想你是对的,先生。"印第安人说道。

汤姆的眼睛现在已经适应黑暗,他注意到在洞穴的一个角落里有一个很大的物体,掩藏在一块防护帆布之下。

"巴德,用你的手电照一下这儿。"他说着,拉开了帆布,"这是一种发电机,上面有一些C国文字,翻译过来的意思是融化主导装置。"

"汤姆,你根本不用告诉我那些C国人要拿它做什么,"巴德说道,"他们要用它融化乳齿象周围的冰!"

阿尔瓦雷斯哆嗦了一下:"那样会将上面的积雪融化,引起雪崩,使雪滚落下去淹没我们的村庄!"

巴德问道:"但是,他们怎么移除这座桥呢?"

汤姆耸耸肩:"谁知道呢?想在不破坏乳齿象的情况下融化冰面是十分困难的!"

他面色阴冷地接着说:"巴德,你和阿尔瓦雷斯先生骑上马以最快的速度赶回庄园,提醒所有人准备搬运乳齿象。我随

第十章 跟踪巨人

后就到。"

"你打算在这儿做什么,汤姆?"

"尽可能破坏那台融化装置。"

于是,另外二人匆匆穿过隧道回到巨大的洞穴。与此同时,汤姆用审视的目光观察着这台机器。"这个好像是一个很重要的连接件。"他看着连接在仪表盘上的一卷电线判断道,"先把它破坏了。"

他把线圈紧紧攥在手中,猛地一拉,把那台机械装置扯松。

突然,汤姆脚下的地面剧烈地摇晃起来。他眼前一黑便晕了过去!

第十一章　印第安人的秘密

汤姆慢慢恢复了知觉，头晕目眩地站了起来。

"天啊，那台机器带有冲压机！"他喃喃自语道，"幸好我没有摄入太多电子液！"

汤姆回过头，想看看是否已经成功地破坏掉融化主导装置。就在那时，一声咆哮从通道中传出，吓了他一跳。汤姆扭头就跑，跑到巨大的洞室中时，在壁灯的光亮下，他看到雪人正穿过入口向他走来！

汤姆看着这个身材高大强壮的人向后退。"他是印第安人，至少有两米高。"汤姆估计道。

这个人穿着一件满是白色软毛的衣服，戴着一双连指手套，头上裹着兜帽，穿着一双白色的靴子。但是脸被蒙了起来。他的皮肤是古铜色的，野兽般的黑色眼睛如燃烧的火苗般怒视着汤姆。

那个巨人又咆哮了一声向前走来，一只手举起一把粗糙的石锤。汤姆在洞穴中一步一步地后退，而巨人不断地逼近。汤

第十一章 印第安人的秘密

姆的后背碰到了石壁时，他已无路可退。他被逼入了绝境！然后，他摆出了摔跤手的姿势。

这时，雪人抡起粗糙的武器。汤姆从下面钻过，扭身越过攻击他的人，然后飞速冲进通向外面的隧道。

在他快要挤进隧道的时候，几个C国人走进了岩壁间的裂缝，堵住了他的去路。体型高大的印第安人从他身后挥舞着石锤砸向他。

"我被困住了！"汤姆低语道。

他绝望地将脸转向左边，突然看到旁边隧道的开口。他冲进通道，竭尽全力向前跑去。

他能听到那些人在追他。C国人狂暴地叫喊着。雪人的怒吼声在岩石通道中回荡。

汤姆跑得更快。他的呼吸变得急促。就在他感觉自己快要崩溃，被野蛮的印第安人打中的时候，他跑到了一个浅层的洞穴前，洞穴底部有一个宽阔的开口，可以俯瞰山谷。

洞穴里有两个人。他们的脖子上挂着双筒望远镜，所以汤姆认为他们肯定是C国人的观察员。他们仓促地站起身。

汤姆匆匆越过他们，跳过岩架，翻出洞穴，落在了下面的雪堆上。然后，他跳上斜坡逃走了。

C国人暴怒地吼叫着。汤姆回过头，看到巨大的雪人尴尬地立在岩架上。显然，身形巨大的印第安人因为装束，认为自己没办法灵活地跳到雪堆上。

第十一章 印第安人的秘密

当他站在边缘上摇摇欲坠的时候，跑在前面的那个C国人冲上前去，猛地把他推下了岩架。雪人自空中猛冲而下。

他没有在雪堆上站稳，向下跌去，摇摇晃晃地冲下斜坡。当他笨重的身躯冲向陡峭的岩架，滚落下去的时候，他恐惧地尖叫一声。两个C国观察员跳到雪堆里，跟在雪人身后，努力在深深的雪地里前行。

"现在是我逃脱的机会。"汤姆自言自语。

他加快速度，直到听到一声用×国语发出的恐惧和痛苦惨叫。

"听起来像是雪人。"汤姆心想。他径直穿过斜坡，跑向声音发出的地方。

汤姆攀上一块巨石的顶端，看到先前追他的雪人躺在一块露出地表的平滑的岩石上。巨人的头被划了一道口子，他正奋力躲避追上他的那两个C国观察员对他的拳打脚踢。

汤姆愤怒地从巨石上跳下，出其不意地一记左勾拳重重打在一个C国人的下巴上，右勾拳打了另一个。两人纷纷倒地，从露出地表的岩石上跌落，滚下了斜坡。滚到很低的地方后，他们站起身逃跑了。

汤姆用×国语对满是困惑与恐惧的雪人说道："我是你的朋友，我会帮你离开这。"

雪人放松了下来。汤姆递给他一些饼干，又从热水瓶里倒了点儿热巧克力，然后用绷带给他包扎头上的伤口。这个大家伙现在终于相信汤姆是他的朋友，他同意跟随汤姆返回村庄。

"我认为你是R国的原住民。"当他们在雪地中奋力向上爬的时候，汤姆说道。

"我是特维尔切人。"男人骄傲地说，"我的名字是佩德罗·马丁尼兹。"

汤姆知道特维尔切是居住在一个印第安部落，部落的族人都非常高。麦哲伦第一次环球航行时，曾通过一个海峡，后以自己的名字命名为麦哲伦海峡，那时，特维尔切人就已经在那里定居。麦哲伦的船员被这群印第安人惊人的身高所震撼，而自己的身高与他们相比真是相当之矮，所以称那些原住民为"巨人"。

"我的一些族人在许多年前向北迁移到了这座山谷，"印第安人告诉汤姆，"我不知道为什么。他们后来都死了，我是唯一活下来的人。"

"你一定在过着隐居的生活。"汤姆说道。

"是的，先生。我隐居在山里的一座小屋里。"

"那你怎么会跟C国人牵扯到一起的？"

高大的印第安人浑身颤抖。"他们是魔鬼！"他尖叫道，"两个星期之前，他们发现了我的小屋，然后埋伏在那儿。我当天晚上回来的时候，他们抓住了我！"

第十一章　印第安人的秘密

"还逼你听从他们的命令，"汤姆推断道，"他们把你伪装成可怕的安第斯山雪人来吓唬村民。"

"你一定很好奇我为什么会那么做，对吗，先生？我很怕他们，因为他们在雪地里燃起了炙热的火焰！还有可以讲话的盒子！"

"无线电，"汤姆解释道，"我现在明白了。你对此无能为力。"

抵达村子之前，汤姆让他的同伴脱下那件白色的衣服。他里面穿着一条卡其色裤子和束腰大衣。两人到达城镇之后，汤姆召集众人在广场集合，然后，向他们介绍了佩德罗·马丁尼兹。

"佩德罗就是你们非常惧怕的雪人。实际上，他和你们一样是R国印第安人。他希望你们可以接受他，将他视为你们的一员。"

汤姆回答了村民们连珠炮似的问题，然后解释了蓝色火焰的成因，还答应以后会为他们演示蓝色火焰产生的过程。村民们都对这个骗局感到非常气愤。

"太感谢你了，斯威夫特先生。"一个村民强调道，"你解除了纠缠在我们心底的恐惧。只要佩德罗·马丁尼兹愿意，他想在这里待多久都可以。"

"也许，我迟早都会回我的小屋。"佩德罗坦白道，"但是在斯威夫特先生把C国人赶出大山之前我会留在这。"

佩德罗为汤姆的援手表示感谢,然后汤姆向他告别,和村民借来一匹马,赶回卡斯提拉的庄园。他的父亲和巴德正在那与卡斯提拉和伯克特开会。

"胡安·阿尔瓦雷斯在哪?"汤姆问道。

巴德轻笑着说:"他在厨房吃饭。乔端给他一些精选出来的剩饭剩菜——牛排和蘑菇!"

"汤姆,发生什么事了,你怎么才来?"斯威夫特先生问道,"巴德和胡安几个小时以前就回来了。"

汤姆详细地讲述了刚刚发生的一切,其他人听得目瞪口呆。"你抓到了雪人!"巴德大叫道。

他咧嘴一笑:"是印第安雪人!"

斯威夫特先生说道:"所以说,C国人失去了他们的主角。干得好,汤姆。今天真是满载而归的一天。大奖现在尽在我们掌握之中。汤姆,跟我描述一下乳齿象的样子。巴德说他想让你第一个说。"

汤姆轻笑一声:"就像一头冰冻的大象。它体型很好,而且确实非常庞大。明天吃过早餐,我最好马上通过无线电把这个消息告诉大学。"

第二天一早,刚过九点不久,汤姆就联络了西海岸大学的科学家们。他们听到这个消息之后非常兴奋,但是却说安置乳齿象的收集槽还没准备好。

汤姆回到父亲和巴德面前,二人还在吃早饭。"科学家们

第十一章 印第安人的秘密

说他们会在大概一个星期之内将一切准备完毕,但是我们等不了那么久。我们不得不在没有物质传输器的情况下继续进行。"

"X射线发射器准备好了。"巴德说道。

斯威夫特先生点点头:"蓝天女王也准备完毕。我已经向全体机组成员下达命令,让他们把X射线发射器运到你们发现乳齿象洞穴的那座山峰。你有什么计划吗,汤姆?"

"爸爸,我吃完饭就会返回乳齿象洞穴。"

"去干什么?"他的父亲问道,"你没破坏掉融化主导装置吗?"

"那只是暂时的。随便一个技术娴熟的C国机修工就可以把它修好。我打算让它永远都不能修复。"

巴德咧嘴一笑:"你是说,毁了它?汤姆,我跟你一起去。"

汤姆摇摇头:"我反对,大飞行员。如果我自己去的话,我会有更大的机会避开那些C国看门狗,在不引起他们注意的情况下悄悄溜进去。"

汤姆看到朋友沮丧的神情,接着说:"你不用怕会错过这次行动。把冰冻的乳齿象从藏匿处弄出来之前,我们还有好多事要做。"

卡斯提拉先生走进来,说有人打斯威夫特先生的无线电话找他。几分钟后,发明家斯威夫特先生回来,在桌边坐下,表情严肃。

"怎么啦，爸爸？"汤姆问道。

"昨晚又收到一条来自太空朋友的信息。"

"上面说什么？"

"幽灵现在在月球上！"

汤姆领会了父亲话中的深意之后，倒抽了一口气。

"星际幽灵正在星际间跳跃，向地球逼近！"他大喊道。

第十二章　星际幽灵危机

"星际幽灵们不仅移动速度快,距离也很远。"巴德说道,"它们如果再移动一下,就会到我们这儿了!"

汤姆一边吃完蘑菇鸡蛋卷,一边认真思考着这个问题。

"我们这两件工作都到了一个紧要关头。我们必须躲避开星际幽灵的入侵。我们还要阻止C国人偷走乳齿象,阻止他们引发雪崩。"

"我们先解决哪个问题呢?"巴德好奇地问道。

"我们应该先阻止C国人,巴德。等到星际幽灵出现那晚,我们再去解决这个问题。还有一件事,它们从土星开始的长途行程表明它们在按步骤走。或许强烈的阳光减弱了它们的辐射功率。我怀疑它们迟早会对我们产生威胁。"

"这样说来,C国人是我们首要解决的目标。"巴德总结道。

"没错,伙计。我改变主意了,我不应该独自去洞穴。我们一起去解决这个问题。我们去追回乳齿象。"

尽管二人最近几乎忙得没时间睡觉,事实上他们也没打算睡。依靠冷水澡和乔准备的小零食恢复精神,因为这双重危机的紧迫感给了他们很大的动力。

汤姆先去了一趟实验室,让他的助手们调配了一些含有硝酸铜的化学物质。又将少许化学物质放在了一个金属盘子上,他拿着一根火柴慢慢接近它,立刻燃起了蓝色火焰。

"这就是所谓的神秘火焰之谜了。"他对观察这一切的伯克特和阿尔瓦雷斯说道。

"如果你将这些物质放在雪里,然后点燃它,你可以给村民们看,他们在白雪皑皑的山顶上看到的燃烧着的蓝色火焰并不是什么超自然的东西。"

"给村民们演示完之后,我要怎么做?"伯克特问道。

"你给村里的每个人一个硝酸铜火炬。这样,他们就会学着去使用蓝色火焰而不是害怕它了。"

"既然你已经向他们介绍了神秘的雪人,那么他们以后就不需要再害怕他了。"伯克特说道。

"是的,但是还是带着佩德罗脚印的石膏模型作为证据吧。"汤姆建议道。

"这解释了为什么×国人称他们的种族的故乡为巴塔哥尼亚。"巴德说道,"这个词来源于×国,意为大脚。"

汤姆召集了他技术精湛的工作人员,于是八人围在汤姆身边,听着汤姆详细介绍他下一步的策略。

第十二章 星际幽灵危机

"你们四个留在这里继续完成今晚的实验，"汤姆说道，"其他四人去将乳齿象抬出洞穴。"

"我数了一下，共有15个C国人，我们需要增援。"巴德警告道。

"我知道去哪找，巴德，村民们现在站在我们这边了。"

汤姆向伯克特、阿尔瓦雷斯和挑选的四名技术人员点了点头。

"你们先去村子里，先给人们演示硝酸铜火焰，然后带领他们上山来到我们商量好的出发点。"

"那是哪个地方？"伯克特问汤姆。

"就是暴风雪那晚，我和巴德被困的那个结满冰的高地，我们就是在那听到了窃窃私语。"汤姆跟他们解释了一下怎么找到那个地方，"你们到那后原地待命，等我指示。"

"等时机成熟，我们就可以通知印第安人猛攻C国人。"巴德建议道。

伯克特、阿尔瓦雷斯和四名技术员都承诺会这样做。随后他们乘坐吉普车进了村子。

汤姆检查了一下其他四个技术人员的工作进展情况。他们将几个空的托马塞特盒子安放在物质传输器的收集槽内。每个盒子里都含有一种物质，汤姆打算监测星际幽灵放射的任何辐射，当然，每个盒子上都有一个紧紧的阀门，由遥控开启或关闭。

巴德用扳手敲了敲一个方形托马塞特盒子，说道："这个还没有完工，明显和其他的不一样。"

"正常来说应该是不同的，巴德，假如我们抓到了星际幽灵我们就要用这个来运送他们。"汤姆回答说。

"运送？难不成你要带他们去旅游吗？"巴德笑着说。

汤姆认真地说道："我们永远不知道那些幽灵可能要做什么，如果它们显示出要用那些致命的射线炸掉我们的实验室或者毒害我们所有人的迹象，我想很快把它们弄出来！"

汤姆指派三个实验室技术员继续研究托马塞特槽，他提醒他们要以最快的速度完成，因为当晚他就要用到这个装置。

被留下的第四个成员是克里夫·卡伯特森。他来到这里是希望帮助汤姆完善他的发明，汤姆在这些人中最信任的就是他了。

汤姆说："克里夫，不如你协助爸爸检查一下译码无线电吧，这可是我们用来对付星际幽灵最灵敏的设备。"

年轻人举起手，用拇指和食指做成了一个圆圈，说："好的，汤姆。我保证等你今晚回来的时候，译码无线电就可以运转了。"

汤姆和巴德带好装备准备向那座山出发。

"这是铅笔无线电和硝酸铜火炬，你拿的是什么？"巴德问道。

汤姆举起一根托马塞特杆，一端是按钮，另一端是一个三角形点。

汤姆说:"这是我最新发明的焊接工具,巴德,速度特别快且是电动的。如果我们在山洞里没有遇到什么灾害,你就会看到它是怎样融化乳齿象的。"

于是,他们每人背上一个帆布包,迅速冲到外面,骑上已等在那很久的马。二人一直骑到了他们看见乳齿象的那座山峰,然后把马停在雪线上。

汤姆和巴德爬到洞口,进入之前向山下望了望,在山脚下,他们可以看到伯克特和村民们正辛苦地往上爬,他们的蓝色火把正烧得很亮。

"他们不是A国骑兵,我倒是希望如果我们遇到麻烦,他们可以救我们。"巴德说道。

"同感啊,飞人。"汤姆答道。

他细心地观察了一下周围的岩壁,见没有人,二人就潜进隧道。映入眼帘的是一片巨大空地,穿过一条狭窄的通道就到了乳齿象洞穴。

这个时间阳光从洞顶洋洋洒洒地照了进来,但洞穴里不是空的!一个人正蹲在融化主导装置旁,他的手搭在开关上。C国工程师修好了机器,一卷崭新的线圈在汤姆扭断的那条旧线圈的地方闪闪发亮。机器又可以运行了。

"他的目标是乳齿象,"巴德喊道,"他要融化冰雪然后引发雪崩!"

汤姆打开托马塞特焊接工具，向前跳了几步。他用胳膊用力一推，电子尖端切断了融化主导装置的金属，穿透了装置，融化装置的机身里立刻散发出浓厚、刺鼻的烟雾。

那个蹲在装置身边的男人怒吼着站起来，汤姆喘息着，发现原来这个人就是在圣卢西亚山跟他搭讪的那个人！

"原来是你，斯威夫特！"他咆哮着说。

"而你就是那个高个子！"汤姆也不甘示弱。

"没错，但是你发现得太迟了。你没机会告诉别人了，看那。"那人挑衅地说道。

高个子指向屋顶，愤怒的叫喊声从外面传来。一些皮肤黝黑的人沿着洞口围成一个圈怒气冲冲地向下看。他们身上都带着缆绳和升降装置，一个个开始向下滑进洞穴。

汤姆发觉情况不对，立刻冲巴德大声喊道："快跑！"

他和巴德立刻跑向通道，返回到带有烟囱的大洞穴内。

"伯克特！救命！"汤姆疯狂地向上喊道，"救命！快过来！"

"一定要快啊！"巴德也拼命地大喊。

"我希望伯克特听到了。"汤姆气喘吁吁地说道。

二人可以听见叫喊声和他们刚刚跑过的通道里传来的脚步声。

"如果我们被他们包围的话就死定了，"巴德呻吟道，"你们一定要快啊！"

第十二章 星际幽灵危机

二人沿着主通道,穿过石壁上的裂缝,到达山坡,最终爬到了山下。但C国人依旧穷追不舍。

"伯克特和其他人在哪儿?"巴德大声问汤姆。他没站稳,向前滑行了大概9米。

汤姆将他扶起来,几个C国人滑着雪橇在身后以极快的速度追着他们。

"再快点!"汤姆催促道,"如果他们快追上的时候我们就马上换方向。"

突然,有人在山下冲他们大喊。难道又来了一批C国人?没过多久,那块结冰的高地下就出现了许多蓝色火把。

巴德激动地大叫道:"是村民们!"

"佩德罗·马丁尼兹正带领着他们!"汤姆大叫道。

此时大敌当前,村民们勇猛抗战,C国人猝不及防,四处逃窜。

战斗结束后,阿尔瓦雷斯走向汤姆。

"这是我报答你的,先生。"他说道。

汤姆笑着说:"我真的很感谢你冒着生命危险来救我。"

阿尔瓦雷斯让巴德和四名技术人员来到乳齿象洞穴的入口。他们的任务是用蓝色火把向蓝天女王发出信号。飞行实验室已经准备好减弱X射线。

X射线减弱后,汤姆迅速返回洞中。他急忙穿过通道来到大的洞穴,进入一条小的通道后,到达乳齿象所在的洞穴。

被胜利冲昏头脑的汤姆并没有发觉身后的情况,直到一个严厉且充满威胁的声音响起:

"不许动!"

第十三章　被俘虏的幽灵

高个子手拿一把枪,在被破坏的融化主导装置后面一步之遥的地方。

"好了,斯威夫特。"他威胁道,"你已经穷途末路了,你去通道那边,然后穿过去。不许跟我要什么花样!如果你给我捣鬼的话,我会让你吃一枪。"

这个男人小心翼翼地沿着深坑走向洞穴中心,他的左轮手枪正对着汤姆。

"不,你不能这么做!"上面传来一个声音。

是巴德!他和阿尔瓦雷斯已经到达了洞顶的开口处。

巴德从C国人的起重设备上捡起一把扳手扔向了高个子。扳手给了手枪重重一击,手枪"咔嗒"一声滚落在地。

高个子脸上带着恐惧,转身跑向隧道。

汤姆松了一口气,巴德向下喊道:"我的那记投球怎么样?你觉得我能进大联盟吗?"

"你确实把那个家伙赶跑了。"汤姆笑着说,"而且还是在关键时刻。"

巴德变得严肃起来，问："汤姆，你要跟踪他吗，还是我们一起去？"

"都不用，巴德，让他走吧。他可能往村民们聚集的山坡上跑了，他跑出去的时候，村民会抓住他的。我们还有更重要的事要做。"

当蓝天女王出现在阵地上空时，洞穴上方出现一片阴影。飞船垂下一团缆绳。汤姆熟练地将缆绳系在了融化主导装置上，然后向其吊起，放在了开口处附近的地面上。

接着，飞行实验室的工作人员降下X射线发射器。地面工作人员将其穿过洞顶带到洞穴内的地面上。

X射线发射器看起来像步枪和望远镜的结合体，它的工作原理和激光器相同，向前发射一波又一波的辐射，带有惊人能量的极度压缩的光线。但是自从用X射线取代了光线，它的能量要比激光器大得多。

汤姆带着X射线发射器来到深坑的边上，将枪口朝下，按下按钮，发射器发出一道强光，穿过距离冰冻着的乳齿象大约两尺的冰层。

冰层碎片成雾状掉落，光束直接刺穿底部。汤姆用X射线发射器瞄准，绕着深坑顶部走，锯开了一个长方形。他在深坑一边的巨大的冰块里取出了乳齿象，然后他关闭了X射线发射器。

第十三章 被俘虏的幽灵

巴德和阿尔瓦雷斯顺着蓝天女王下面悬浮的绳梯爬了下来。

汤姆说:"我已经将这只野兽头和尾的冰层融化了,两边的冰层还没有融化。现在,底部我也打算这么做,这样更方便运送。"

巴德点头表示赞同:"现在不用担心雪崩了,山上剩下的冰很坚固,可以维持很长时间。"

一个固定在托马塞特电缆上的巨大吊钩从蓝天女王上放了下来,吊钩上挂着六个巨型铁爪,末端是又长又锋利的防滑钉。

巴德将铁爪固定在冰块顶部的间隔空隙上,用扳手将螺钉拧紧,他用力将小棒向内推,将防滑钉放入冰冻的乳齿象内。

"这就像用夹子夹起一小块冰,"他说道,然后哈哈大笑起来,"我打赌这是人类搬运的最大型的物体。"

阿尔瓦雷斯带着汤姆绕着山的外部来到深坑底部的通道。他们穿过通道,到达冰柱的底部。汤姆用他的X射线发射器在乳齿象底部的一架与地面平行的飞机上将它割穿。然后,他和阿尔瓦雷斯冲出通道,回到洞穴。

"冰芯松动了,巴德。"汤姆匆忙跑回深坑说道。

"知道了。"巴德回答道,"底部也一切准备就绪。"

汤姆通过他的铅笔无线电向蓝天女王上的人发送消息:"快跑!"一台巨大的绞车开始向上发力,电缆线逐渐绷紧。

冰芯从深坑地面上被缓慢地吊起，倒立着通过顶部开口被吊了出来。这是一个仅仅清除了边缘的样本。

"太过瘾了！"阿尔瓦雷斯大叫道。

汤姆屏住呼吸紧张地看着，这时巴德说："这真是一个完美的样本，汤姆，我很高兴你没有尝试用物质传输器来操作。"

当冰芯到达蓝天女王上时，自动抓斗机为它盖上了一层托马塞特保护膜。这个巨物被安全放到大型飞机的腹部位置上，飞行员立即出发前往A国。

巴德看着蓝天女王消失在远处。"汤姆，我希望那个冰块不会融化，会不会他们着陆后，手里有好多变坏的乳齿象碎片？"

汤姆摇摇头说道："不用担心，巴德。上空温度远远低于冰点温度。"

汤姆、阿尔瓦雷斯和巴德到达大庄园时，伯克特正等着他们。

"恭喜。"他对汤姆说道，"你的计划奏效了，我们抓住了14个C国人，联邦警察从C国到来之前，先把他们关在这里。"

"如果你抓到了14个C国人，"巴德说道，"那么有一个还在潜逃。"

他们检查后发现是高个子逃跑了，汤姆说道："我希望他

第十三章 被俘虏的幽灵

跑出洞穴时,村民们能够抓住他。他一定是从对所有人开放的那个山坡逃走的。"

大庄园里的所有人都很兴奋,围在一起祝贺这个年轻的科学家。最后,汤姆向他们挥手告别。

巴德说道:"现在才四点,日落前我们要做什么?"

"吃饭,然后睡觉。"汤姆回答道,"我们解决乳齿象问题的时间打破纪录了,而且克里夫·卡伯特森说译码无线电可以运行了,所以我们有几个小时的空闲时间,然后再去解决星际幽灵难题。"

夜幕降临,他们都去睡觉了,状态也不错。

"现在该做物质传输器实验了。"巴德说道。

汤姆摇了摇头说:"巴德,我现在不知道托马塞特的收集槽是否足够坚硬,能够抵挡住星际幽灵的辐射。我还在里面放了一个小盒子,如果它失去生命体征时,向我们的'客人'传输射线。我宁愿一个人待在控制室里。"

"你的意思是你想与幽灵进行秘密谈话吗?没门,天才,我会参与这场对话的。"

巴德说得很随便,但汤姆看得出来他已经下定决心和自己一起冒险。

"好吧。"汤姆同意了。

他们走向控制室,穿好防辐射服,戴上有黑色面板的防护头盔。汤姆想通过斯威夫特太空站发射无线电,从而确定发现星际幽灵的月球区域。

汤姆紧张地将物质传输器设置好角度，巴德一言不发地看着。乔和实验室成员在实验室外通过对讲机电视密切关注着实验进展情况。

"巴德，振作起来。"汤姆说道，"开始启动！"他猛烈地按下按钮。

然后，传来一阵刺耳的破裂声，随后变成轰鸣，响彻整个实验室，最后，噪音逐渐消失了。

"收集槽里有一个奇怪的雾状物！"巴德大声叫道，"是那种水珠，就像我们在太空上看到的那样！汤姆，你抓到星际幽灵了！"

汤姆一个一个地按下按钮，打开他刚刚放在大收集槽里的小盒子。一开始有水喷出来，接着马上就蒸发了，然后，一棵植物出现在幽灵上，很快枯萎了。一只蟋蟀受到辐射死去了，一根羽毛也被分解，一大块骨头最后变成了一堆粉末。

汤姆移开箱子，仔细检查实验结果。他说："星际幽灵对地球上的生命有致命危险，但托马塞特能够顽强抵抗它的辐射，我们有机会和这个生物对话了。"

收集槽上的刻度盘显示稳定的脉冲波，汤姆将其输入电脑，结果显示这个图案是一种交流形式，译码无线电可以分析并将其翻译过来。

汤姆将波长输入进翻译设备，同时向收集槽发送信号。

第十三章 被俘房的幽灵

"你能听懂我说话吗?"

幽灵有节奏地跳动着说:"是的,你为什么把我抓起来?"

"我们希望,"汤姆回答道,"你能给你月球上的同伴带回信息,它们对地球上的生命有致命危险。"

汤姆停下来,给幽灵足够的时间理解他说的话,然后又问道:"你是谁?"

"我们大部分来自银河系仙女座,我们必须要找到一个新家。"

"你们为什么要来到我们的月球?"汤姆问道。

"我们希望在你们的太阳系找到一个适合我们生存的地方,目前为止,还没有找到,我们计划在两个地球日到达你们的星球。"

"但是,这样你们会杀死我们地球上的所有生物的。"汤姆抗议道,"你们不能来!"

"我愿意按照你的要求做,放了我。我会与来自仙女座的同伴重聚,然后警告他们不要入侵地球。"

汤姆刚开始说:"多么让人欣——"突然,物质传输器周围发出红色预警信号。

"实验室外面出现异常。"巴德说道,"我去看看。"

他还没来得及移动,门突然被重重地摔在墙上,发出巨响,乔吃惊地张大嘴巴出现了,身后是戴着口罩遮住鼻子和嘴

第十三章 被俘虏的幽灵

的高个子,他正拿枪指着乔的后背。

"交出幽灵!"高个子对汤姆大声吼道,"否则,你的朋友会受伤的!"

第十四章　势不可挡

汤姆和巴德难以置信地愣住了,这时,高个子突然大笑起来。

"伟大的斯威夫特也会惊讶啊。"他嘲笑道。

巴德怒视着他,说:"我们还以为你会从洞穴逃出来一路跑回C国。"

"这是从一个优秀飞行员嘴里说出的大话吗?"这个入侵者冷笑道,"我离开是打算实行我的第二个计划。"

乔喘息着说:"哇哦。我居然不知道自己成了你第二步计划的一部分了。先把你的枪拿开怎么样?它顶着我的后背很疼。"

"你怎么知道这个秘密地下实验室的?"汤姆问道。

高个子得意地笑了起来,说:"我在村子周围徘徊,当然是为了躲避追捕,偶然听到你们的人说话。我清楚地听见你们就在这个大庄园,接着我就偷偷潜了进来。我的两个人已经混进了你的帮手中。"

第十四章 势不可挡

汤姆退缩着说:"我们通常在周密的安全措施下工作。"

"已经太晚了,斯威夫特。我的任务就是拿到乳齿象和星际幽灵。"

"感谢上帝,乳齿象已经在安全地送往A国途中!"巴德喊道。

高个子做了个鬼脸。"但是,它会到达那吗?"他讽刺地问道,"无论如何,我将确保将幽灵带回我们的实验室,C国科学家们在等着它。"

"他们打算怎么处理星际幽灵?"汤姆担心地大喊道。

"我们将把它制成一种革命性的超级武器!"瘦高的C国人吹嘘说。

"你怎么去实现你的阴谋?"巴德问道。

"告诉你也无妨,你现在什么也做不了。我们的科学家已经找到了一种利用辐射的办法,这将会成为我们巨型激光枪的弹药!"

"你根本不知道你自己在做什么!"汤姆警告说,"我们测试了星际幽灵的辐射影响!它对地球上的一切生命都具有致命性!"

"它杀死了我们放入其中的动物和植物的样本。"巴德大声地说,"甚至是将水蒸发,如果你把这种力量散播到我们的地球,这无疑是自杀!"

"不要欺骗我。"高个子嘲讽道,他将枪对准乔的头,

"你的朋友一直抱怨后背疼,如果你不按照我说的去做,他一会儿就会头疼的。现在,将幽灵放到手提箱里。"

乔脸色发白说道:"汤姆,我知道这个畜生不是开玩笑的,在我的头落地之前,把幽灵交给他吧,我会对你感激不尽的。"

汤姆明白自己别无选择,他不情愿地打开译码无线电,通过简单地说明原因,他劝说星际幽灵进入了手提箱。

那个脉动球状体在收集槽里回应道:"我明白了,我们不希望任何人受伤,我会自己过去的。"

于是,幽灵立刻开始萎缩,像一缕轻烟通过导管,重新出现在手提箱里,透过托马塞特的电镀层闪着光芒。

汤姆按下按钮,传递电荷。一个小仪表板从入口滑进手提箱密封了起来,然后,他松开了导管。

"通常,我应该鞠躬庆祝成功转移。"汤姆对巴德说道,"但是现在,我一点也不想庆祝。"

"把它拿过来!"高个子命令道,急忙从汤姆手里夺过手提箱,"现在,所有人去隔壁房间。"

他强迫他们和外面实验室的工作人员待在一起,用手枪指着乔的后背,他的同伙用手枪指着工作人员,高个子命令道:"所有人都去那个角落里!"

工作人员都用询问的眼光看向汤姆。"照他说的去做。"年轻的发明家警告他们。人们抱怨着聚集在角落里,其中后面

第十四章 势不可挡

跟着汤姆、巴德和乔。

这个C国人突然从另一个口袋里掏出枪,正面向他们开火。刺鼻的化学气味弥漫在空气中,受害者们头开始眩晕,片刻后,全部倒在地上昏了过去。

过了一段时间,汤姆的头开始慢慢清醒。他的眼睛注视着面前成堆的人群,他看见巴德和乔跌跌撞撞站了起来,实验室的成员也一个接一个恢复了知觉。

"发生什么事了,牛仔?"乔问道,"我只知道我头疼,但是我的脑壳没受伤,那个枪里是什么?"

"一种迷药气体。"汤姆告诉他。

"我们的敌人去哪了?"巴德问道。

汤姆环顾四周,说:"走了,巴德,带着星际幽灵走了。我怀疑他在我们失去知觉后破坏了实验室。"

他们发现除了物质传输器严重受损外,其他一切状况良好。

"高个子肯定用枪托打破了仪表盘,"汤姆说道,"我至少需要两天的时间修好它。但是现在重要的是被偷走的星际幽灵,现在是危急时刻,月球上的星际幽灵后天将要入侵地球!"

"阻止他们的唯一办法,"巴德补充道,"就是拿到手提箱,放了幽灵,让它回到月球。它会阻止同伴实施它们的入侵计划。"

一个工程师开口说道:"我们甚至不知道从哪找起,并且在我们找的时候,谁知道那个愚蠢的C国人会对星际幽灵做出什么事?"

汤姆撇了撇嘴说道:"雷尔夫,你的话一针见血。"

"我吗?"

"是的,那个高个子并不了解这有多危险,但是C国的领导们应该知道,我会用无线电与他们的首都进行联系,解释这个问题,要求他们下令让他们的间谍放了幽灵。"

他旋转着强大的短波无线电刻度盘,向C国接线员表明了自己的身份,并要求与他们的首相讲话。

"说正事,斯威夫特。"连通后,另一端的声音传来。

"如果想要阻止人类灾难的发生,必须将星际幽灵放了,"汤姆说道,"请把这句话转达给你的间谍。"

那人窃笑起来,说:"别做白日梦了,斯威夫特,我们不会被你的说教给糊弄住,我们不会释放,也不会返还幽灵的。"

接着,连线断了。

"现在怎么办,汤姆?"巴德问道。

"我们在实验室里什么也做不了,我们上楼去看看有什么进展。"

二人发现斯威夫特先生、卡斯提拉和伯克特同样刚从实验室里的迷药气体中恢复清醒。

"高个子!"卡斯提拉喘息着,"他突然闯进来,用枪指

第十四章　势不可挡

着我们，然后用我的手机联络C国。"

"他说什么了？"汤姆问道。

卡斯提拉皱着眉头思索着，"他说话声音很小，怕我们听见，但是我听到了沃斯和瓦尔帕。"

"瓦尔帕在R国，是瓦尔帕莱索的俚语，"伯克特解释道，"是太平洋的一个海港。"

"那个男人挂断电话后，"卡斯提拉继续说道，"他拿出另一把枪，向我们喷射气体，接着，我们就失去了意识。"

汤姆很快描述了一下在地下实验室发生的一切，然后补充道："我们现在最好的办法就是去瓦尔帕。巴德和我会坐飞机去那，看看能否找到什么蛛丝马迹。"

巴德点了点头。"或许是有个叫沃斯的人住在瓦尔帕，并且是C国阴谋的一部分。高个子可能把幽灵交给了他。"

二人准备第二天早晨出发，经过几个晚上连续熬夜，他们刚想睡个安稳觉，蓝天女王就给汤姆发来了紧急消息。

"我们一直试图联系你，"无线电话务员说道，"我们很多设备在起飞前遭到破坏，我们越过R国海域时，设备出现了故障，巨型绞车被破坏，抓钩一下子弹开了。你的乳齿象掉进了太平洋！"

第十五章 绝望的潜水

汤姆因为乳齿象的失踪而哑口无言,但过了几分钟,他问蓝天女王无线电接线员:"飞行实验室现在在哪里?"

"我们现在降落在野外,"接线员报告道,"我们的起重力出了问题。我认为现在修复好了。我们是回基地还是继续在这里?"

"你最好乘飞行实验室到肖普顿进行彻底检查。如果有需要,我会呼叫你的。"

"明白。"

汤姆匆忙跑到巴德的床边摇醒他。"发生紧急情况!跟我来。"他命令道。

巴德半睡半醒,摇摇晃晃跟着汤姆走进实验室。斯威夫特先生正在那里修理受损的物质传输器。汤姆把从蓝天女王那里得到的乳齿象失踪及机械被破坏的消息告诉了他们。

"我想他们无法唤醒我们的,因为高个子用气体枪把我们击昏了。"

第十五章 绝望的潜水

斯威夫特先生的脸上蒙上了阴影。"真让人心烦,毫无疑问,C国人插手了这件事。"

"这让我们又回到了开始。"汤姆评论说,"我们仍然要找到乳齿象和星际幽灵。"

巴德看上去很困惑。"我认为乳齿象一去不复返了。"

"不一定,巴德,"汤姆回应说,"海水一般能融化冰,但这个特殊的冰块由于巨大的乳齿象的沉落必然会下降深水区,那里的低温无法使冰融化。"

"没错。"他的父亲表示同意,"乳齿象无疑完好无损,但关键的问题是它在哪里?"

斯威夫特先生皱起了眉头,"我认为你们应该考虑更重要的问题——失踪的幽灵。我会联系蓝天女王来接我,飞到乳齿象消失的地点,我可以用海底飞镖搜索海底。"

海底飞镖是汤姆发明的用于深海勘探的双人潜艇,外壳由托马塞特制成,由喷射机驱动,它可以深入海底,停留的时间比核潜艇还要长。目前喷气式潜艇和汤姆的另一个发明水上直升机都在飞行实验室里。

"当然,蓝天女王船员可以寻找乳齿象。"斯威夫特先生接着说,"但是这事并没那么简单,我想下去亲自查看下情形。"

汤姆点点头,说:"我很高兴,至于物质传输器,卡伯特森可以修复它。"

第二天早上,伯克特带着汤姆和巴德到达直升机停放的地方。几分钟后男孩们已在空中飞往瓦尔帕莱索。他们降落在机场,搭乘出租车前往那个城市。

"让我们先从海滨开始。"汤姆说。

"为什么不呢,汤姆?大部分在瓦尔帕莱索的行动都在这儿。"

男孩们穿过繁华的街道,那里挤满了许多身着本地艳丽服饰的人群,他们大步走到码头区域,货船正在卸货。海港远处是广袤的太平洋。

汤姆和巴德停下来到一家能够俯瞰大海的餐馆用餐,想着也许会得到线索。这时,指示牌引起了他们的注意:胡安费尔南德斯岛龙虾。

"那是鲁滨孙漂流记中的荒岛,"男孩们用餐时,汤姆说着,"丹尼尔·笛福听说一个家伙曾经被困在孤岛,所以他把那个岛写进了他的故事。"

"如果鲁滨孙和他的得力助手'星期五'在这每晚都能吃到这么好吃的龙虾,他们的日子也能好过些。"巴德答道。

当印第安服务员开始收餐盘时,汤姆问他有没有听说过一个名叫沃斯的人。

"是的,瓦尔布莱索的每个人都听说过沃斯先生,"侍者说,"他是一个富有的人,住在比尼亚德尔马靠近沙滩上的大岩石。"

第十五章 绝望的潜水

付过账单后,男孩们搭一辆出租车到了美丽的景区。他们从岩石处走了800米,悄悄穿过沙滩,隐藏在沙丘后面,那里他们可以看见沃斯的房子。汤姆和巴德看不到里面,因为房子周围有门廊,竹帘已经拉下了。

"我们留下来监视这里的一举一动。"汤姆决定道。

整个下午什么都没发生。但随着夜幕的降临,一艘划艇悄悄地靠近海滩。海上划艇停泊后,两个留着胡须的男人从划艇上走下来,将其拉到岩石后面的沙滩上,大步走到那所房子。两人身材矮小,体型健壮。他们敲了敲门,走进了屋内。

这时,屋内亮起了一盏灯,汤姆和巴德透过竹制的百叶窗看到三个轮廓,两个体型矮胖,第三个中等身材。

当一个细长的影子加入他们后,巴德抓住汤姆的手臂,"高个子!"他发出嘘声。

"还有手提箱!"汤姆小声说,"他只是把它放在桌子上,幽灵仍在里面发着光!"

男孩们暗中在沙丘之间穿梭,悄悄爬到房子的一侧,蹲在窗口,内心狂跳不止。

从对话中,他们了解到了这几个人的身份,高个子的名字叫塔卡田。

中等身材的人是沃斯,他准许C国间谍把他的房子作为总部。另外两人是兄弟,分别叫伊万·丝塔莎和迪米特里·丝塔莎,他们两个是C国著名的科学家。

这时，高个子突然愤怒地喊道："沃斯，你怎么了？你疯了吗？"

"我不喜欢它。"沃斯的声音发抖，"我从C国获知，斯威夫特说星际幽灵危害极大。他们已经准备入侵地球！如果你们不将它归还，谁都难逃一死。"

传来其他三人刺耳的笑声。

"这只是斯威夫特的诡计。"伊万·丝塔莎说道，"他想打垮我们。"

"斯威夫特想吓唬我们让我们好送回幽灵。"丝塔莎说，"我们才不会上当。"

塔卡田邪恶地笑了笑，说："沃斯，只有C国能想出这么好的计谋。我们刚刚得到一个你都没见过的宝贝，我们将斯威夫特父子的乳齿象从蓝天女王那里拿了过来。"

高个子接着说他如何从一个给船员做零工的村民那里打听到飞行实验室："我派了一个间谍，他是机械专家，伪装成这个村民，偷偷溜上蓝天女王，通过把一个微小的减活化剂放入巨大的绞车控制装置内来破坏它的抓钩系统，他还干扰了船体的升力控制，最后偷偷溜了出来。"

塔卡田窃笑起来："我的人仔细看了一下航班表，我有他们一路到A国的路线。我会在合适的时间引爆减活化剂，绞车失去动力后，乳齿象就掉进了我设计好的地方，太平洋，赶快！"

第十五章 绝望的潜水

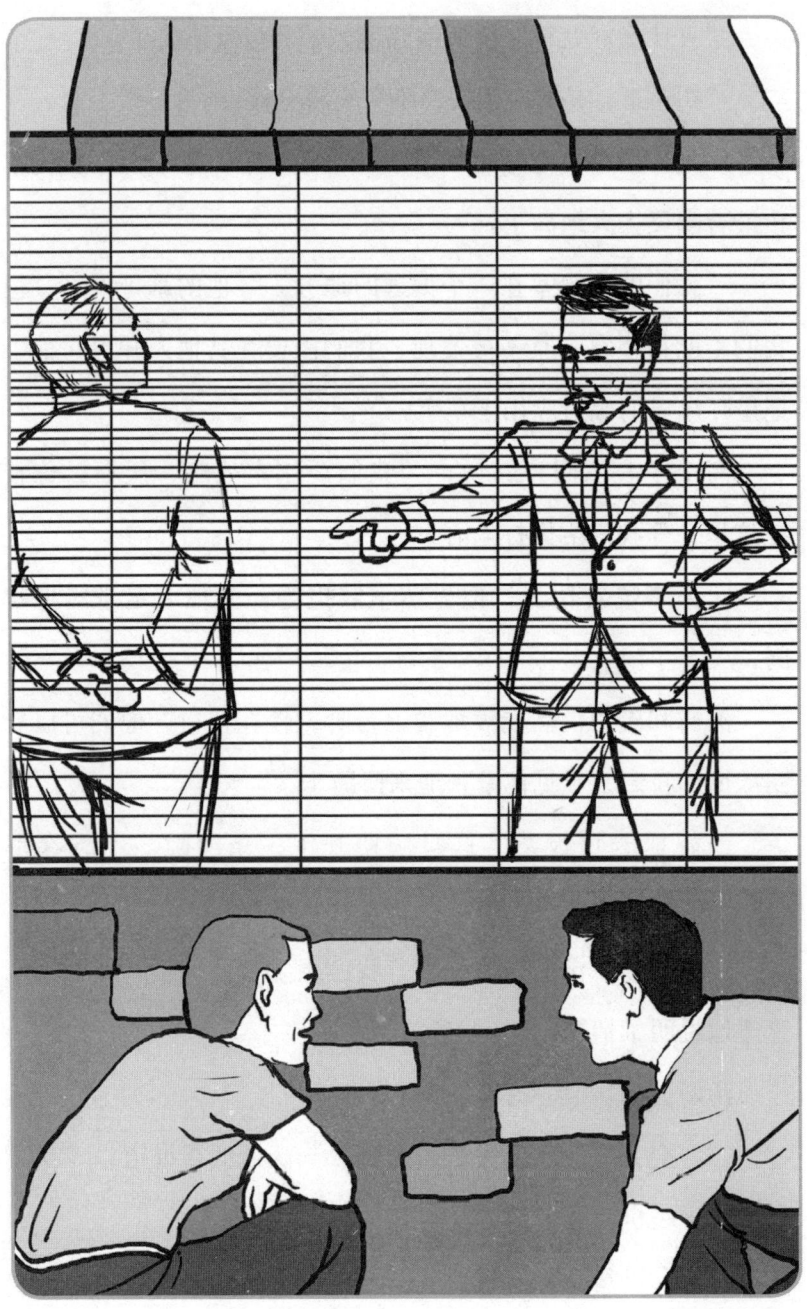

"有什么好处?"沃斯抱怨道,"乳齿象消失了。"

"纠正下,是暂时消失,不久它将会被C国潜艇救上来。"

伊凡·斯塔诗咆哮道:"解释得够多了,塔卡田,我们早该带着幽灵去火地岛了。"

"我们的实验室在一个偏远的地方。"他的哥哥说,"但我们不能指望它一直不被发现,我们需要在其他人知道之前,把星际幽灵的辐射应用于军事。"

高个子表示同意,说:"我们要制定战略,沃斯。你待在这里,等我们给你打电话。"

沃斯嘟囔着什么,但显然不敢拒绝。其他人走进隔壁房间,关上了门。

汤姆和巴德悄然无声地爬上台阶,停在窗口,他们可以看到沃斯的身影,看见他紧张地来回踱步。

汤姆抓着竹板条,这时沃斯开了一条缝隙。"谁在那里?"他恐慌地低声说道。

"朋友,"汤姆回答说,"我们想要帮助你。"然后,他迅速地说明了情况。

汤姆让沃斯把手提箱拿到了外面。

"一会儿在海滩上大岩石那见。"沃斯低声说道,"我会抓着箱子趁机会逃走的。"

汤姆和巴德急忙穿过月光下的海滩跑到小船搁浅的地方。

第十五章 绝望的潜水

一分钟后他们看到沃斯带着一个布包走出房子。

"他一定把装幽灵的手提箱放在包里了。"汤姆说。

"他最好快点,"巴德说道,"麻烦来了。"

只见那三个人冲出房子追赶沃斯,他跑得太慢了,他们之间的距离逐渐缩小。沃斯转身把布袋扔向他们,拿着发光的箱子继续跑着,他试图让追赶的人放慢速度,但并没起什么作用。

"我们最好主动出击。"汤姆对巴德说,然后,他爬到最近的那块岩石的顶部,巴德跟在他后面。

沃斯跑过去后,其他三个人紧随其后。汤姆一跃而下,撞击到塔卡田的肩膀,他和高个子一起跌倒在地。

此时,巴德突然向丝塔莎兄弟猛冲过去,三个人陷入混乱之中。

"快跑,沃斯!"汤姆喊道。

沃斯开始惊慌失措地往岩石上爬,塔卡田和丝塔莎兄弟中的一个挣脱开去追沃斯,汤姆迅速跟了上去。

在最高的岩石顶端,塔卡田抓住沃斯的肩膀,用另一只手抓着箱子摇晃了半圈,抛了出去,发光的箱子越过悬崖,"扑通"一声掉进水中。

"快潜入水下,斯威夫特!"沃斯人喊道,"水非常深!"

汤姆朝下看见波浪拍打着岩石的一侧,猛地跳进大海。

他游向上下摆动的托马塞特容器，抓到箱子的手柄后，拖向岸边。

摩托艇的砰砰声回荡在水面上，他紧张地抓着箱子潜在水里，希望不要被发现。但由于容器在水中有浮力，难以下沉。

汤姆正与箱子做斗争时，摩托艇呼啸着向他驶来！

第十六章　火之岛

最后关头,汤姆放开了箱子,潜进了水里。摩托艇在他头的上方搅拌着,使人头晕目眩,十分恐怖。

"这是一起策划好的肇事逃逸事故。"他想,"只是,我并没有受伤。"

重新浮出水面,汤姆惊慌地发现,带着星际幽灵飞走的太空船正在船上,他可以看见塔卡田和那对丝塔莎兄弟得意地笑着。

汤姆开始游向海滨,半路上看见巴德正游向他,巴德说他看见那三个C国人从小船上了摩托艇,驶向汤姆和幽灵掉入水中的位置。

"他们带着箱子逃走了。"汤姆和巴德奋力游向沙滩,汤姆喘着气问道,"沃斯怎么样了?"

巴德指着那个脸色黝黑消瘦,坐在其中一块岩石上,还在因自己鼓起勇气袭击而瑟瑟发抖的男人。他终于平静下来,坦白自己不会再对C国人抱有任何幻想了。

"即使他们不信任你，也不应该冒险引发地球上的灾难。"他强调道。

"你知道他们的实验室在火地岛上的哪个位置吗？"汤姆问道。

"是的，我去过那。这一层楼的建筑曾属于一个去世多年的淘金者，它距离松布雷罗南部大约16千米。"

"松布雷罗是发现R国大油田的地方。"汤姆说道。

沃斯点头说："你们一直走，越过大量灌丛植被，直到你看见较低且圆形的双峰。C国的实验室就在山的东边，靠近一座古老的城市，在一堆高大的卡拉法特灌木丛中。你们可以在3千米外的一块平地上着陆。"

"塔卡田和丝塔莎兄弟什么时候会在那里？"巴德问道。

"他们一到机场就会驾驶一架私人飞机，你们可以跟踪他们，"沃斯补充道，"但是，我要离开了。现在，那三个人已经通过无线电告诉了瓦尔帕莱索的C国领事馆，一个受雇的刺客正在搜寻我，我要回到我的祖国！"

汤姆和巴德、沃斯一道匆忙回到沃斯的房子，沃斯扔进向手提箱里扔进几样东西，并确保带好护照。

二人换上了沃斯留下的干衣服。"不合身。"巴德说道。

接着，他们三人出发前往瓦尔帕莱索机场，因为沃斯十分焦躁，于是汤姆负责驾驶沃斯的车。

第十六章 火之岛

"这条路很偏僻。"汤姆开车行驶了几千米后说道。

"只能看见一辆车的车灯,"巴德说道,"那辆车在收费公路下面,向我们这边开来。"

另一辆车车速很快。"他行驶在路中间。"汤姆说道。

"他要把我们挤出公路!"沃斯歇斯底里地喊着。

"我们右边就是陡峭的沙丘了!"巴德说。

距离他们45米哦的地方,另一辆车的司机突然以急剧角度向左急转。

汤姆赶紧脚踩油门,将车急剧向右转,然后向左转,车沿着沙丘边缘呈曲线,汤姆咬紧牙关坚持。迎面开来的车在距离几英寸的地方倾斜着擦过后保险杠!

巴德回头看时,脸上露出了恐惧的表情,那辆车已失去控制。它飞过马路边缘,一头插在了沙丘里停止了移动,四个轮子还在疯狂地转着。

"有幸存者吗?"汤姆喘息着说道。

"太黑了,看不清楚。"巴德回答。

"另一辆车堵住马路,有四个人下来进行调查,他们可能是一伙的,不管怎么样,他们自己可以进行抢救。"

汤姆加速来到了飞机场,他与巴德一起向警察报告了那起事故,然后,陪同面色苍白且瑟瑟发抖的沃斯,一起上了飞机。

"代我向袋鼠和树袋熊问好啊。"巴德嘲弄道。

"你要是发了大财可要告诉我们啊。"汤姆咧嘴笑道。

沃斯笑了笑,他早就开始感觉好点了。"我要飞往老家,我打算躺在沙滩上,忘掉我曾经听过的C国。"

二人等着看飞机安全起飞后,坐上自己的飞机,飞往南美洲南端的火地岛进行一次长途旅行。他们的飞行计划是在皎洁的月光下沿着太平洋海岸行驶。

"R国拥有多么迷人的地形啊。"巴德说道。

"世界上没有什么能与之媲美的,巴德。你现在所看到的陆地有4184千米长,但是平均只有177千米宽。难怪R国南部十分寒冷的时候,北部却是亚热带气候。"

"我曾经读到过,R国的工业从炼钢横跨至牧羊场。"巴德说道。

"现在那个就是R国的钢铁业,巴德。"汤姆指着炼钢厂里燃烧的平炉说道,"我们到了南部的时候你会发现羊的。"

不一会儿,二人看见几百束细微的光线分散着照在几条黑暗的航道上。巴德将飞机开到内陆时,说:"我们正路过瓦尔迪维亚上方,这意味着R国著名的湖泊地区就在附近,我们可以去看看。"

"我们早就将奥索尔诺火山一览无余了。"汤姆说道。他说的是高耸在托多斯洛斯桑托斯湖上,顶部被雪覆盖的火山。

第十六章 火之岛

"难怪游客总是将奥索尔诺与日本的富士山相比,它们都是陡峭和对称的圆锥体。"

飞机闪着光飞过闪烁着月光的湖面,穿过高耸的火山口。汤姆和巴德在机翼下面看见一大片广袤的森林,他们飞到了R国南部缩进一大部分的太平洋海岸线。

眼下的壮丽景象美得令人窒息。锯齿状的山峰高耸入云。冰川碎片悬挂在悬崖上。

"R国百内国家公园。"巴德赞叹道,"在上空看,这景色多美啊!"

"别高兴过头了,使飞机失去控制,伙计。"汤姆说,"你会让我们迫降到这儿的,开玩笑的。"

"就算是开玩笑也不能这么说。"巴德假装害怕地抗议道,"那会是一个坠落着陆,重音在'坠落'上。我还是待在天上吧,谢谢你。"

随后,百内国家公园消失在他们身后。"我们在麦哲伦省上空。"汤姆说。

"那是R国最南端的省,"巴德说道,"前方的光一定来自彭塔阿雷纳斯——南美洲大陆最南端的小镇。"

下方的陆地呈现出灰色岩石的形状,中间是一块广阔的草地。在山坡上可以看见几千只羊的羊。广袤的绵羊牧场让R国成为一个让人移不开目光的国家。

月光照在农场、仓库和剪毛棚上。破碎的海岸线使大海融入了陆地，形成一个又长又深的峡湾。

"彭塔阿雷纳斯是这个省的省会。"巴德继续说道，"这儿的光线很明亮，看起来是一个很美的城市。"

在彭塔阿雷纳斯的边上，有一个宽阔的水入口。强烈的风的冲击使水面上升，然后又以巨大的涌浪后退。

"麦哲伦海峡！"汤姆大叫，"那边就是火地岛了，传说中的火地岛是当年麦哲伦一行人看见印第安人沿着海岸线点燃的篝火而命名的。"

"火之岛也是一个不错的名字，汤姆，快看那边那些闪烁在黑暗里的火光。"

在松布雷罗油田，几百根燃烧的管道向上喷发出火焰。这是烧毁剩余天然气的办法。

"沃斯提过的双峰应该快看见了。"汤姆说，"在这儿呢，巴德。现在，我们要飞往东边。"

巴德驾驶着飞机飞过那座山，天空刮起了顶头风，呼啸着与飞机逆向吹着。

"在这下面。"巴德说，点头指示下面的一块平地就是沃斯描述的地方，"你觉得我能在这着陆吗？"为了压过这震耳欲聋的大风，他抬高音调说道。

"带油门进场。"汤姆回道。

他的朋友再次点了点头，几分钟内就将飞机平稳着陆。

"我觉得我以后要把所有的近岸航行法都教给你。"在

第十六章 火之岛

他们打车到达终点站的路途中汤姆大笑着说道,"不错的旅行。"

几分钟之后,二人走在通往沃斯曾经跟他们提到的卡拉法特灌木丛的古老街道上。

"那些东西在我看来像伏牛花丛。"巴德观察后说,"它长得的确很高。"

汤姆观察了这个地方后也表示同意。这里和那里的牛群都挤在天然气火堆旁取暖,因为这阴冷的风一小时能刮60到80千米。

"现在这里是冬天,"汤姆说,"夜晚比较长,大约一个小时后我们才能看见黎明。"

他们走到一块浅洼地时,巴德停住了。"那有一个小棚屋,汤姆,在那的那架飞机一定是C国人从瓦尔帕莱索驾驶来的那架。"

汤姆和巴德蹲着观察了一下那片区域,确定周围没有守卫后,他们靠近那扇落满灰尘的窗户偷偷向里面看。壁炉内的火烧得正旺,但是房子内好像没有人。

"没有人在这。"巴德低声说,"可能塔卡田和丝塔莎兄弟在松布雷罗。"

"我们去碰碰运气,"汤姆回答,"我们看看能不能找到装幽灵的箱子,在他们回来前拿走。"

二人匆忙从没锁的前门走进里面,屋子里只传来他们脚下地板的嘎吱声和屋外咆哮的大风。

"箱子不在这儿。"巴德搜索了一圈后说道,"会不会在飞机里?"

"我们去看一下吧,不管怎么样,我们得先离开这里。"

二人刚快步走到前门,门突然打开了。高个子走了进来,后面跟着丝塔莎兄弟。他们三人胳膊下面都夹着用来生火的木头。

那些C国人立即扔下木头,愤怒地咆哮着冲向汤姆和巴德。

第十七章 陷阱

伊万·丝塔莎对汤姆进行猛烈进攻。二人展开了搏斗，拉紧肌肉进行对抗，直到他们撞到一张小桌子，于是，二人摔倒在地。在他们的重压下，桌子成了碎片。塔卡田将巴德绊倒，与巴德在地上滚来滚去，扭打在了一起。

这场激烈的搏斗持续了几秒钟，迪米特里·丝塔莎捡起地上的一块大木头，他从后面抓住汤姆的衣领。

"停！"他咆哮着，挥舞着木头威胁道，"不许伤害我哥哥！"

寡不敌众，再抵抗也是无用功，于是，汤姆和巴德投降了。这三个C国人将他们用绳子绑了起来，然后用他们自己的语言展开了一场唇枪舌剑。

"他们怎么知道我们在这儿的？"伊万·丝塔莎狂暴地问道。

塔卡田脸色阴沉了下来，说："别看我，我从来没提到过火地岛，这么想想，你是唯一一个提过的，可能他们无意间听到你说的。"

"这并不能说明什么。"迪米特里·丝塔莎咆哮着,"如果小斯威夫特知道我们在哪,那他那个聪明的爸爸可能也知道了,我们很可能招来很多访客,包括R国警察。"

"我们必须改变一下计划。"高个子说,"这个地方现在对我们来说太危险了,我们应该怎么做?"

"先待在这。"伊万·丝塔莎回答,"我先去飞机上给总部发送无线电消息,将我们的科学设备转送到另一个隐匿处。"

随后,他消失在门口,十分钟后,他回到小屋。"所有事情都安排好了,我们将转变我们的作战基地。"

塔卡田指了指汤姆和巴德,问:"我们怎么处理他们两个?"

"把他们带上。"伊万回道,"我们要找一个最好的办法处理他们。"

三个C国人带着他们的俘虏上了飞机,将他们放到了乘客区。

飞机在空地上发出轰鸣,随后,急速地飞入空中。

汤姆扭曲着绑在手腕上的绳子。"他们绑住我们的方式,我感觉像是一个要被吐口水的胆小鬼。"他悄悄对躺在他旁边的巴德说道,"你能听见坐在驾驶员座舱的他们在说什么吗?"

"什么关于麦哲伦市的大牧场,想到什么了吗?"

第十七章 陷阱

"他们一定是要带我们去麦哲伦海峡的牧场。"

飞机慢慢减速向下。最后,颠簸着着陆。飞机停止轰响前,塔卡田爬到后面,从椅子下面拿出了几条毯子。

"你们两个擅长弄清楚事情。"高个子狞笑道,"猜猜你们现在在哪儿。"

他把毯子从头顶扔过,用绳子在适当位置将他们绑好。就快要透不过气时,他们被粗鲁地提了起来,带到了外面,运送到了一个建筑物里,最后被扔到了木质地板上。

他们的巧手很快就将两条毯状物的绳子解开,突然,他们被猛拉了过去。二人盯着这个跪在他们旁边,眼神犀利,长着黑色胡子的男人的脸。

伊戈尔·斯威宁船长!

"你的太空船怎么样了,船长?"汤姆冷淡地问道。

斯威宁露出了一个奇丑无比的笑容,"现在该轮到我来招待你们了。放心,我会比你们考虑得更周到的,我已经为你们两个尊贵的客人安排了一个特殊计划。什么也阻挡不了我们的庆典。我们现在在一个牧场,这儿被我们用来当作我们C国人的秘密服务基地。"

"这样,总算真相大白了。"汤姆说道,"你是效力于你们政府的服务间谍。"汤姆看见那个亮光的箱子放在一张粗糙的木制桌子上。

"当然,"斯威宁回答,"我是我们的间谍网络中一个部门的指挥官。我的任务就是拿到星际幽灵的样本。不幸的是，我们的科学家一只也没能抓到。但是，你的《幽灵日志》对我们了解你的研究起了很大的作用，我决定让你帮我们抓到星际幽灵，结果你抓到了！"

"跟我们讲讲乳齿象吧。"巴德建议，"这个冰河时期的野兽在你们的计划里扮演了一个什么样的角色？"

"你应该问问塔卡田，他的那组负责这个任务。他们办事不力，训练那个印第安人假扮成安第斯山脉的雪人是一件很难的事。我们所有的工作做好后，塔卡田让你们把乳齿象从我们手里带走了。"

斯威宁轻蔑地瞥了一眼高个子。

"船长，我是在准备这样一场意外。"塔卡田冷淡地说道，"我有蓝天女王的抓钩系统，并且以防万一，我还会对起重力采取破坏。我的深谋远虑应该被褒奖。乳齿象现在在太平洋海底等待我们的潜水艇。"

"你确定你不会再搞砸计划？"斯威宁讽刺地问道，"很可能让老斯威夫特在你眼皮底下将那只野兽带走吧？还记得我们的间谍回来报告说他正在乘坐那艘厉害的喷气式潜水艇寻找乳齿象。"

"那枚海底飞镖不要紧。"塔卡田坚持道，"没有任何一个水下飞船能够抵挡住我们安装在潜水艇上的新型秘密武器。"

第十七章 陷阱

汤姆脸部肌肉抽搐着。他的父亲在深海下面将面临怎样的危险啊？接着，那两个C国人走开了。

汤姆和巴德环顾四周，他们在一个大型绵羊牧场的主要房间。透过对面墙上的窗户，他们可以看见一群绵羊在翠绿的山顶吃着牧草，一根粗壮的木头在壁炉里燃烧着。

那个C国人坐在一张长形木制桌子的一端，开始享用由牧场厨师在火上烤熟的食物。

"很显然，我们不是来享用美食的，巴德。"汤姆低声说，"我能吃下一匹马，更何况他们正在吃的这点羊排。"

"我现在都能吃下乔做的一大份剩蘑菇，汤姆。但是，为了不让这帮家伙满意，我们还是别让他们知道我们饿了。"

二人尽力转移自己的注意力不去想那些剩下的食物，食物吃完的时候，他们终于松了一口气。终于，那个用餐的人站了起来，仆人将食物的残渣收拾掉。

"准备好带这两个A国人一起上路。"斯威宁吩咐，"自从知道我们将他们抓住了，我就一直想带他们去这个特别的地方。"

塔卡田怀疑地问："什么地方，船长？你没告诉我们是什么地方或者在哪儿？"

斯威宁瞪了他一眼，答道："是一个他们去了就回不来的地方，我向你保证。"

"我认为这不是一个好主意，船长。"高个子坚持说，

"我记得沃斯是怎么背叛我们的,这次,我想要自己动手。如果我要解决掉他们,我就要确保他们永远消失。"

"如果我允许你看我怎么做,这你满意了吗,塔卡田?"

"那当然,船长。"

"好吧,丝塔莎兄弟也一起跟着去。准备好给六匹马放上马鞍。"斯威宁命令几名工作人员,"我们要穿过一个崎岖的山区,那儿的路不适合汽车。"

伊万·丝塔莎轻敲了一下发光的方形箱子,说:"我们要把星际幽灵留在牧场直到我们回来吗?"

"这样太有勇无谋了,"他的哥哥回答,"幽灵可以被卖到大价钱,买家们会因斯威夫特愚蠢地说来自外太空的星际幽灵即将入侵的愚蠢报告而纷纷从各国赶过来以高价购买。"

"另外,"塔卡田插话道,"我们不信任牧场的工作人员,他们中任何一个人都能拿着星际幽灵用来交易。"

"那么,我们要带着这个箱子。"斯威宁决定,"我知道可以把它放哪儿,而不用担心它消失。"

四个农场工作人员过来把那两个男孩的脚绑住,然后把他们推到了外面。他们被分别放到了两匹马的马鞍上。毯子遮住了他们的眼睛,皮制品发出的吱嘎声代表着C国人骑上了马,斯威宁让其他人跟着他来到了附近的牧场。不久,羊群咩咩的叫声越来越大,男孩子们知道这一定是几百只。这时,几匹马被拉着停了下来。

第十七章 陷阱

"看这儿！"斯威宁说，"我们可以把箱子一直放在这，直到我们来拿。"

马蹄声告诉汤姆和巴德，他们的敌人们正聚集在藏匿处观察。

"我相信你是对的，船长。"高个子同意道，丝塔莎兄弟也随声附和，说可以把幽灵放在这，直到科学装备运来。

传来一阵摸索箱子的声音，接着是马匹向后撤的声音，然后队伍快速小跑重新上路。

骑了一个小时的马之后，斯威宁放慢了速度。汤姆和巴德被拉了下来，塔卡田拉掉他们眼睛上的毯状物。丝塔莎兄弟再次仔细将他们绑好，然后将他们扔到了地上。

冷风刺骨地吹着，周围映入眼帘的只有灌木丛植被。

斯威宁讽刺地冲他的俘虏们笑着："别费心思想着求助了，这附近没有人能听见。你们现在在草原上，离阿根廷边境不远，离最近的住所还要几千米。"

"它们是你们唯一的邻居。"他指着阳光下慵懒地在头顶盘旋的大鸟补充说。

"那是卡拉鹰。"塔卡田说，"南美洲秃鹰，它们是这片陆地上最可怕的食肉种类，它们正在捕食，如果你们死了的话——"

斯威宁重新骑上马。"再见了，斯威夫特。"他嘲弄地向

第十七章 陷阱

他们鞠了一躬说着,"再见了,巴克利,很遗憾我们再也不能见面了。"

他策马后退,飞奔而去。塔卡田、丝塔莎兄弟和汤姆二人的马跟在后面。马蹄声逐渐变远最后随着他们消失在地平线的身影而停止。

大草原上一片寂静,只有风吹着矮树才能带来一点生气。每过几秒钟,一个黑影穿过汤姆和巴德躺着的地方,男孩子们极其饥饿、口渴和疲惫。卡拉鹰煽动着巨大翅膀,在太阳和他们头顶之间飞过。眯着眼看着他们,男孩们可以看见它们尖利的嘴。

汤姆控制不让自己发抖,他曾经在书上读到过这种鸟类。它们因为能够用嘴啄出一只虚弱的羊羔或绵羊的眼睛而为人们所知。它们专门袭击那些躺在地上垂死的动物。

汤姆和巴德惊恐地看着,这些令人讨厌的秃鹰在离他们越来越低的地方盘旋!

第十八章　秃鹰捕食

这时，两只大鸟落在汤姆和巴德附近的地上。

"它们在追赶我们！"汤姆绝望地大叫。

"我们会被它们啄死的！"巴德害怕地说，"我不想成为任何一只秃鹰的食物！"

"这就是斯威宁打的主意。"汤姆回答。

二人正与绑着他们的缆绳做斗争，他们越使劲拉，缆绳嵌进他们的皮肤就越深。

"我们把它锯开怎么样，汤姆？"巴德建议，"我的兜里有一把小刀，这下看你的了，如果我们能拿到，我们就有机会切断绳子。"

巴德在尘土上滚来滚去，试图拿出在他兜里的刀。听见扑打着翅膀的声音，他知道自己吓跑了停在几码以外的两只鸟。它们又重新加入在天空中盘旋的其他鸟。

巴德躺在一边，用力起身。"哇哦，我很高兴这些卡拉鹰飞走了。"他说，"但是它们会回来的，小刀还卡在我的口袋

里，想想办法，汤姆。"

"我早就想到了，巴德。"

汤姆跪着直起身来，把头低下，蹦跳着向前翻滚。一个金属物从他胸前的兜里掉了出来，在阳光下闪闪发光。

"你做到了！"巴德大叫。

尽管汤姆的手被绑在了后面，但他翻滚着成功拿到了小刀。他用刀片摸索着直到将缆绳切断。

巴德调整手腕的位置去接近那把刀，用力握着刀柄，汤姆将刀口用力按在巴德手腕的缆绳上，汤姆飞快地切着，巴德来回动他的手腕配合他。

这把锋利的小刀嵌进缆绳里，第一条线断了，接着第二条，突然缆绳"啪"的一声断了。

"谢天谢地。"巴德说着，然后飞快地解开缆绳，接着把汤姆的也解开了。二人站起身来，摩擦着手腕恢复血液流通。秃鹰看见汤姆和巴德不再是垂死状态，于是便飞走了。

"再见，朋友。"巴德说道。

汤姆拿出他的铅笔无线电与在远离R国海岸上空盘旋的蓝天女王进行联系。他描述在麦哲伦海峡这儿有一块岩石的突起部分，形状好像一匹马的头。他在飞往火地岛的途中记住了这个地标。

"我们现在马上到那了。"他通知飞行实验室里的接线员，"巴德和我计划带着星际幽灵一起回去。命令水上直升机与我们会合,告诉飞行员在那等我们上飞机。"

水上直升机是汤姆发明的既能在天空中飞又能在水下潜行的太空船。它能够像直升机一样在天空中飞行,又能像潜水艇一样垂直进入深海。

"还有一件事,"汤姆继续说道,"我们需要一个溶捷的容器。"

这是他在家里的实验室里调配出的一种革命性的液体喷雾。溶捷——包含两种液体成分,将它们混合在一起成喷雾状——它十分强大,能够分解任何金属、合金或塑料,甚至是超级耐用的托马塞特。

"好的。"蓝天女王传来回复,"先别关闭广播,我们还有一些新消息。"

"什么消息?"

"你的爸爸,他在太平洋海底找到了乳齿象,准备利用海底飞镖开始展开营救工作。"

"太好了!还有什么事?"

"斯威夫特企业集团发来一条报道,大学快要完成放置乳齿象的收集槽了。"

"太棒了!"汤姆大叫,"必要的时候我会使用物质传输器的,还有其他事吗?"

"就这些了。"

"好的,关闭广播。"汤姆将铅笔无线电放回兜里。

第十八章 秃鹰捕食

"我了解这段对话的重点。"巴德说道,"现在我们要去追踪星际幽灵。"

"是的,伙计。斯威宁和他的同伙留下的马蹄印值得我们去跟踪。他们会带领我们去大庄园和牧场。"

二人走了将近一个小时,当他们走到多石头的地形而丢失了脚印的时候,他们跑向羊群,其中两个牧羊人骑在马背上。那个男人有几匹多余的小马,同意租给他们。汤姆承诺会将马匹留在海峡的那个突出的马头点。

"我们正在找一群骑马的人。"汤姆说,"你见过他们吗?"

"是的。"其中一个牧羊人指着西南边回答,"他们往两座山之间的山谷那去了。我觉得他们是要去海峡那边的庄园,往那个方向走,你不会错过他们的。"

汤姆和巴德骑着小马飞奔而去。因为道路崎岖,他们直到黄昏才走到绵羊牧场外面的栅栏。

汤姆慢慢地骑着小马来到一片小灌木丛,然后下马,巴德在后面跟着。他们将马拴好,分开行动,检查周围的地形。在他们前面不远处,他们能够看见一个低矮的建筑物里的光。

"我们最好还是别离那个房子太近。"汤姆建议。

"没问题。"巴德回答,"我们可以环绕四周,从相反方向进入那个牧场。接着,我们所要做的就是找到箱子。如果幽灵还在斯威宁之前放着的地方,我们应该能挖出来,在保加利亚人知道我们逃走前拿走它。"

"我们的第一个线索就是羊群的叫声。"汤姆一边跟那个低矮的房子保持着安全距离,到达牧场,一边说道。

"我听见它们在那边叫的,"巴德指着牧场的一端,剪毛棚的后面,"我们藏在那个高的岩穴内。这是我找的暂时藏身的地方。"

"我也是,来吧,巴德。我们就会发现这是否是他们停下把我们扔到的那片草原。"

二人穿过草原上的羊群,进入岩穴。巴德打开了他的手电筒。岩石和大卵石随意丢在地上。3米长的石壁组成一个三面的房间,开口面向牧场。随处可见生命力顽强的花朵在裂缝中生存,用根紧贴着里面仅有的土壤。

"我看不见——"巴德刚开始说。

"喂!在那里!"汤姆打断他,"在边上那个用毯子盖着的东西!正好是那个尺寸和形状!"

二人爬上悬崖边,汤姆掀开了毯子。

装着跳动的星际幽灵的托马塞特盒子露了出来。

"我们拿回幽灵了。"汤姆放松地笑了,"现在我们要把它安全带走。"

"我听见马蹄声了!"巴德警告道,"有人在岩穴的外面。"

接着有人大声叫着,巴德跳下,冲了出去,看到一个骑马

第十八章 秃鹰捕食

的人朝着低矮的平房疾驰过去。汤姆小心地拿着幽灵跟在后面。

"救命！救命！"那个男人大叫，"小偷！"

"他发现我们了！"巴德大叫，"我们现在唯一能做的——就是比我们来时速度要快。"

汤姆和巴德飞速穿过牧场，来到小灌木丛，解开缰绳。他们飞身上马接着疾驰而去。

"去海峡边那块高大的岩石那儿。"汤姆一只胳膊紧紧地夹着箱子说，"我们要到达那个马头点，因为水上直升机到那了。现在可能已经在那了。"

身后回响起敌人的大叫声。马蹄"咔嗒咔嗒"地踩在碎石上。他们回头看见四个人骑在马背上抄近路穿过水沟，很明显决定要在这两个逃亡者到达海峡前阻止他们。

汤姆后腿夹紧他的马说："快点，巴德，这是生死之战！"

解开缰绳，他鞭打着马冲向岩石堆，轻松一跃而过，猛然用力穿过两个高地之间的平地。

对面是陡峭的峡谷，他的手用力拉着马后退到它的腰部，另一只手里仍然紧紧握着装幽灵的箱子，汤姆连续倒转，下降，越过斜坡，马蹄下尘土飞扬。再次放松缰绳，他全力跃起穿过峡谷向马头点而去。他看见高处有水上直升机闪烁的灯光。

同时，巴德替换路线，他巧妙地沿着距离陡峭的悬崖15米的一端飞驰。他跳过很多枯死的树干和汤姆在峡谷的一边汇合，向着山顶最后一跳。

在马头点边上，汤姆和巴德从马上跳了下来，爬上岩石，他们看见海洋直升机正在搜寻他们。

巴德疯狂地用手电筒向他们发送信号，汤姆通过铅笔无线电与他们联系。海洋直升机驾驶员看见了他们，在他们上方急速上升，一个绳梯从飞机上降了下来。

现在那些C国人才到达马头点的脚下，他们全力爬了上来。

直升机上的梯子并没有完全落在岩石上，而是在水上悬挂着。汤姆等不及飞行员把梯子拉近。他从岩石上跳起，用一只手抓住了梯子，另一只手紧紧握住装着幽灵的箱子手柄，他开始向上爬。

他回头看到，那些追踪者正全力抓他的同伴。

"巴德！快跳啊！"汤姆大叫道。

第十九章　陷入圈套

巴德不断踢开那些追捕者伸过来的手指,然后跳了出去。他一只手抓住直升机梯子的最低的那截,接着他用手抓着梯子一截一截地爬上去。最后,他终于成功找到了立足点,很快爬上了摇晃的梯子。

爬上直升机的机舱里,都张嘴呼了一口气。飞机起飞了,留下一群愤怒沮丧的C国待在马头点上。那个男人举起步枪,朝着飞机猛烈射击,企图击落它。铅弹嗖嗖掠过托马塞特外壳。

"他们用密集炮火进攻根本没有用。"飞行员泰德·布鲁斯说,"他们不可能穿透这层塑料。"

泰德是斯威夫特企业集团里年轻的飞行员之一,他处理危险的飞行任务总能让人很放心。

"泰德,再飞高点。"汤姆催促道。

正当海洋直升机急速上升时,汤姆将装有星际幽灵的箱子放在门边,然后拿出溶捷喷雾器。

"我们不能与星际幽灵沟通，因为我们这里没有译码无线电。"他对巴德说，"但是这只幽灵知道怎么做，我们越快将它送回月球越好。"

这个年轻的发明家向其他人说了接下来的打算。巴德站在门边点头表示同意。汤姆抓住把手提起托马塞特箱子，另一只手竖起溶捷喷雾器。

海洋直升机飞到一定高度时，巴德将舱门打开。汤姆将有亮光的箱子扔了出去，接着迅速用大剂量的溶捷喷雾将其吞没。托马塞特箱子迅速消失了。它在很远的地方，所以不管怎样，它的辐射伤及不到二人。一只脉动球状体迅速飞入天空。

"星际幽灵向月球方向走了。"汤姆非常高兴，"它会很快跟它的伙伴传达我们的消息的。"

"这也是危急时刻。"巴德指明，"星际幽灵将要在几小时之后入侵地球了。"

"这提醒我了，巴德。我应该告诉大家危机解除了。"

汤姆与蓝天女王进行了联系，命令接线员将消息转播给世界各国首脑。

"还有，"汤姆说道，"警告R国当局，C国间谍总部在拉丁美洲的大牧场，在麦哲伦海峡马头点附近。有物质传输器的最新消息吗？"

"是的。"蓝天女王的无线电接线员回答道，"大庄园的实验室报告说机器现在有序运行。大学里的收集槽也是。"

汤姆关闭了无线电,转身对巴德说:"一切尽在掌控中,到达蓝天女王之前,我们可以先吃点饭睡一会儿。"

二人刚好在泰德将飞机停靠在飞行实验室的码头前醒来。他巧妙地驾驶着飞机从尾部开入飞机库,然后熄灭了发动机。泰德陪着汤姆和巴德一起来到了飞行员的隔间。

"有一个坏消息,汤姆。"蓝天女王的飞行员进来说道,"你的父亲被C国人抓走了。"

"什么!"

"那群绑架他的人给我们发来了消息。似乎是斯威夫特先生穿着一身胖人装备走出喷气式潜艇进行侦查,他正检查位于海底的乳齿象时,他们把他抓了起来。"

汤姆发明了胖人装备用于水下工作,它是由轻金属制成的,是一个鸡蛋形状的空间,里面有模拟人类的缩放臂和缩放腿。通过按钮,坐在里面的操作员可以控制衣服的移动。自动陀螺智能仪能够使胖人装备保持平衡。氧气来自周围的水。

汤姆看起来十分严肃地说道:"我必须要亲自下去,看看我能否把他救上来。"

"没必要独自去。"巴德说,"得带上至少两个人才能对付得了那些C国人。"

"也算我一个。"泰德坚持道,"你们执行任务时,我来控制海洋直升机,你们需要一个移动的基地。"

汤姆和巴德穿上胖人装备后,登上了海洋直升机。飞机库的门打开时,直升机冲入天空。泰德驾驶着飞船滑翔了一长段距离后,接着调转机头直入水下。

海洋直升机掠过空气直入水中。飞机以飞快的速度垂直而下,直到泰德关闭电源将其停在海底。

"你应该一直向前寻找乳齿象。"驾驶员说。

汤姆命令他穿过那条路来到一块巨大的沉没的岩石后面。接着汤姆和巴德离开,在黑暗的水里摇摇晃晃地朝着斯威夫特先生被带走的大概地点走去。

汤姆带着他的声呐定位钢笔,以免他衣服里的装置不够强大,不能与海洋直升机交流。

"汤姆,乳齿象在这。"巴德说道。

"仍然在冰柱里。"汤姆回答,"边缘的几大块被剥落了,但是这只野兽保存完好,我们可以移动它,不用担心冰会碎掉。"

"还是没有你父亲的或是海底飞镖的任何消息。"巴德搜寻了一下说道。

"我们看看这个方向,巴德。"

二人向着黑暗的深渊边缘走去。

"我不喜欢走到这里,"巴德颤抖地说,"也不知道这里有多深。"

"有1千米或者更深。"汤姆说,"太平洋里有许多地方深度超过了10千米。"

"我们回去吧，汤姆。"

"好吧，巴德。我在这里觉得很不舒服。"

他们刚转身，一股水流搅动着海底。不一会儿，又一股水流，引起了一阵激流。

二人的缩放腿在激流中艰难行进。激流冲击着这两个胖子，搅动着他们，使他们无能为力。这股力量吸引他们路过海洋内的暗礁进入黑暗的深渊！

汤姆和巴德在他们的衣服内跳着直到这湍流让他们头晕目眩。突然，在刺眼的光照下，他们停止了摇晃，听见舱门砰的一声关上了。他们艰难地呼吸着，用缩放臂遮着眼睛，看见发亮的光线将一间房间的裸金属墙壁照得通亮。

"爸爸！"汤姆哭喊着。

他的父亲沮丧地坐在椅子上。"你不应该来找我。"他说，"这是C国的潜水艇。现在我们都成了他们的阶下囚。"

这时，一扇门开了，走进来两个人，似乎是一个军官和一个水手。这位军官皮肤黝黑，长着趴鼻子，可能是在码头打架的结果。他面对着他的囚犯们，命令他们脱下衣服。

"我是C国海军上校洛库拉。"他说，"你们不需要自我介绍了，我对斯威夫特父子和你们的朋友巴克利很熟悉。你，可以说，陷入了我的圈套。"

"我们掉人圈套了。"汤姆反驳道，"怎么会？"

第十九章 陷入圈套

"我们有一项卓越的新发明——人工漩涡。它很强大,我们能够抓到任何我们想要抓的东西或人。"

洛库拉讽刺地笑道:"汤姆·斯威夫特,天才男孩,你应该了解这个人工漩涡的科学原理吧。"

"这个科学原理很简单。"汤姆承认说,"但是我不会把它应用到同样的地方,我们的目标不同。"

斯威夫特先生说:"你们C国人应该把你们的知识用到正地方去。"

"你怎么找到我们的?"汤姆问道。

"我们的声呐定位仪和遥视水下潜望镜探测到了你们,我需要做的就是将潜水艇开到水下悬崖边的下面。我一直在屏幕上监视着你。当你出现在屏幕上时,我启动了人工漩涡。"

"把我们像傻子一样抓起来了!"巴德抱怨道。

"洛库拉上校,"斯威夫特先生对那个C国指挥官说道,"你到底想把我们怎么样?"

洛库拉皱着眉头说:"你们搞砸了我们的要将星际幽灵的辐射用于武器的计划,我们欠你们一个惩罚。"

他向着那面墙走去,将手放在开关上。"这个储备腔室下面有一个气闸,"洛库拉继续说道,"我们用它将没有用的东西丢弃在水里。比如——"

他扭了扭手腕，打开了开关。一块大约和地板一样长的中心仪表板迅速向下倾斜。

这三个俘虏开始滑到光滑的金属板上，然后滑向下面的深坑。

第二十章 潜艇大战

汤姆、巴德和斯威夫特先生用力支撑着自己不掉进黑暗冰冷的水里。正当他们要滑到地板边缘时,地板向上翘起,大张的开口关闭了。三人躺在一起,急促地呼吸着尽量让自己平静下来。

汤姆大口地吸着气说:"我的天啊,我们差点洗了一个深海澡!"

巴德挤出一个笑容说:"但是我们要怎么处理这困境?向管理人员抱怨?"

斯威夫特先生看起来很严肃地说:"上校,你不觉得你欠我们一个解释吗?"

"我倒转了开关,"洛库拉回答,"因为这只是一个演示,但是我们可以做一个交易,你们从现在开始听我命令,否则将你们扔入海里。"

"什么命令?"汤姆问道。

"关于乳齿象的命令,我负责将它运出海里,但是这是一项精细的工作,并且你们三人知道怎么办,所以你们要帮助我。"

"太抬举我了。"汤姆说道。

"一点儿也不。所有人都听过斯威夫特的大名,我打算好好利用一下。"

"为什么我们要将我们的科学知识任你们差遣?"斯威夫特先生问道。

洛库拉脸气得通红。"第一,因为如果你们拒绝的话,你们就只有死路一条了。"他狡猾地补充道,"第二,如果你们顺利完成工作,我就放了你们其中一个。"

三人没有被他暗示的承诺所愚弄,但是他们没有其他选择。

"毕竟,"汤姆说,"乳齿象一定要保存好,C国对美国并不友好,但我宁愿将这个冰河世纪的遗物展览在敌人的领土,也不愿让它成为碎片沉在海底。"

斯威夫特先生同意地点点头,说:"我们不能辜负古生物学。"

洛库拉笑了笑,得意地摩拳擦掌。"我就知道你们会这样的。"他欢呼着,"现在,来我的营房。"

洛库拉打手势让三个俘虏在桌子的周围坐下后,这个指挥官快速描述了一下C国计划。

"你们能感觉到这个潜艇刚刚移动。"他开始说,"我们

拖着乳齿象。"

"拖着?"巴德迷惑道。

"我们正在使用人工漩涡。"洛库拉解释道,"它的吸力远远不能让乳齿象卷入储备腔室。我们可以把它拖到C国,但是我们的科学家担心冰块会在运输过程中破碎。所以我们现在去往R国海岸的一个隐蔽的海湾。"

他在地图上指着的一个地方。汤姆在脑海里记住了这个地方。在附近的一张图纸上,他看见那个多岩石的海峡在通向海湾的入口。

"一艘货船停在那儿,"洛库拉继续说道,"那儿有一个冷藏袋,足够放进乳齿象的。我们要用升降机将这只史前大象装上船。一起来。"

他带领他们穿过走廊来到潜艇尾部的监视港。通过巨大的舷窗,他们可以看见这个巨型生物漂浮在吸入流。

"现在,我们能一览无余了。"巴德说道。

汤姆并没有回答,他在海水的另一边瞥到了一个熟悉的轮廓。海洋直升机!下一刻,它就消失在了黑暗的深渊。C国人的心思全放在了乳齿象上,他们并没有发现有人在跟踪自己。

"泰德看见他们抓住我们了,"汤姆想着,"我不能让洛库拉和他的同伙看见他。"汤姆大声叫道:"上校,你能让我们看一下人工漩涡吗?我很好奇这个东西。"

洛库拉听到汤姆对他的新设备感兴趣十分高兴，于是，带着三个俘虏来到了控制室并向他们解释这个发明是怎么运作的。

"这个转盘向右转是打开满功率。"这个C国人继续说道，"顺便说一下，你知道我们建造了一个跟你们一样的收集槽吗？"

"我大概猜到了。"斯威夫特先生回答，"在你们的间谍从大学偷走计划书之后。"

洛库拉得意地笑了笑，说："我们的收集槽安放在C国亚国会大厦的大厅内。它能够收集到物质传输器发送的任何东西。当然，它不是由托马塞特制成的，我们的科学家还在研究那台发射机。但是他们会有新的突破的，我们将会制造出一台比你们好的物质传输器！"

"可能吧。"巴德笑着说，"但是我不指望看到了。"

那个指挥官怒视着他们，但没说什么，转身专心致志地研究一些图表。几个小时过去了，汤姆全神贯注地考虑了他们的困境后，想出了一个办法。

突然，潜艇的发动机关闭了。"我们正穿过岩石隧道。"上校说道。

飞船停在了海湾的一个又深又宽的水域内，抓钩慢慢从船上下降到水里。

洛库拉正忙着下命令时，汤姆低声对巴德和他的父亲快速

第二十章 潜艇大战

描述了一下他脑海中的计策。

洛库拉走向他们时,汤姆刚好说完。"再穿上你们的衣服。"他命令道,"跟我一起到外面,他们已经将缆绳连接到了乳齿象身上。"

斯威夫特先生会意地看了看他的儿子,接着,倒在地上痛苦地呻吟着。

"怎么了?"洛库拉咆哮道。

"我爸爸的阑尾炎犯了!"汤姆着急地说,"我们得想想办法!"

"不管他。"洛库拉厉声说,"你们两个——到外面去!别跟我耍什么花样。你们寡不敌众的!"

汤姆和巴德穿上胖人装备走了出去,装有乳齿象的巨大冰块躺在太平洋的海底。人工漩涡关闭时,它被轻轻地放在了泥沙里。

身着潜水服的C国人早已在那里工作,有的人将缆绳穿过水里,其他人忙着处理那些能将冰块抬出水面的大型螺丝钳和吊钩。

上校走到外面指挥他们。"你觉得怎么样,斯威夫特?"他通过声呐电话问道。

"好的,上校,我们需要更多人来做这个工作,把乳齿象运出水面是最难的一项工作。我们应该尽可能地利用你所有的下属来帮助保持冰块平衡。"

C国指挥官怀疑地看了一眼汤姆说道："我还指望这个团队执行整个任务呢。"

"你可能会犯下一个大错误。"汤姆坚持说，"这头乳齿象十分沉重，如果吊钩滑下来的话，这些人不一定能阻止它摔到地上。"

洛库拉皱着眉头表示他正在思索汤姆的建议。他相信吊钩可能会滑下来。

"我在想你到时候回到C国要怎么解释。"年轻的发明家继续说道，"如果你把乳齿象掉下来了，而且是在你的政府为你提供了他们最新的潜艇以及所有的新设备——包括人工漩涡。"

上校战栗了一下，他显然不喜欢向上级解释失误这种可能。C国人为人们所知的就是处理未能完成任务的人的残忍方法。

"你可能对也可能不对。"洛库拉对汤姆说，"但是我负不起冒险的责任。我会给你所有你需要的人，你最好成功完成这项任务！"

他命令除了留下一个人负责看管潜艇，剩下的工作人员都要出来。剩下的船员都身穿潜水服出来后，他们的指挥官命令他们来到冰块的周围。

在一片混乱中，汤姆走到一边，关闭了胖人装备里面的灯，打开了他的声呐定位钢笔。泰德·布鲁斯的声音很快传

来，报告说他驾驶着海洋直升机就在海湾外面的水下。

"蓝天女王在哪儿？"汤姆问道。

"它还在乳齿象所在的上空盘旋。"

"好的，泰德。告诉无线电接线员与卡斯提拉庄园和西海岸大学里的实验室联系。我们要运送货物了。克里夫·卡伯特森要用物质传输器瞄准在这个海湾里的乳齿象，然后启动机器。定时——恰好是从现在起半小时。"

"明白。"驾驶员回道，"我会在我们刚刚路过的岬后面浮出水面，那里我能不受干扰地发送信息。"

汤姆关闭了声呐定位钢笔后，再次点亮他的胖子服，加入到队伍中。没有人注意到了他的失踪。他通过对讲机快速向巴德说了一下自己和泰德·布鲁斯的对话。

"走！"巴德大声叫C国人，"我们要把它抬出水面。"

夹子在冰的上方夹紧，吊钩固定在夹子上面。潜艇开始卷动时，缆绳变得很紧。笨重的乳齿象逐渐被从泥沙中抬起。

汤姆对那些正将这个巨大的生物放到它的冰盒子里的人发号施令。他小心翼翼地控制着速度，将那只动物拉了上来。洛库拉上校密切地关注着汤姆。

乳齿象慢慢地浮出水面，船员在后面拖，每个人紧握着冰块较低的边缘，最后，冰块浮出了水面。拉紧的缆绳努力将这个重物抬出水面，开始把它拖到船的一边。

船员一个接一个地浮出水面,向瓶塞一样浮出水面又潜进水里。巴德、汤姆和洛库拉在他们中间,他们都专心地看着这个吊装作业。

汤姆看了看他的精密计时器,这项工作已经进行了刚好半个小时,但是,他在想,泰德·布鲁斯传达他的消息了吗?物质传输器准备好启动了吗?

正当他问自己这些问题时,汤姆发现了答案。一瞬间,只剩下湿淋淋的冰柱悬挂在缆绳上,在C国的船旁边,接着,没有任何迹象就消失了——冰、乳齿象、抓钩!

"潜进水里,巴德!"汤姆冲着对讲机喊道,"游向潜水艇!"

他们的胖人装备带着二人急速下降到海底,C国人怒吼着跟在他们后面。

用缩放腿碰到了底部,汤姆拉着巴德靠着潜水艇,使劲敲着它的外壳。远处,人工漩涡打着旋向他们靠近。

"爸爸,快接我的消息!"汤姆说道。

C国人跟在他们的猎物后面飞快地游着,并没有注意到他们正朝着强大的吸入流游去。带头的那个人旋转着头向前进入潜艇的储备腔室中。后面的男人跟着他,接着下一个,直到所有人被吸入漩涡中。

洛库拉最后进入,当吸力用力地将上校扔进储备腔室,掉在所有人的上面时,舱口自动关闭了。就在这时,斯威夫特先生穿着胖人装备加入了男孩子们。

"R国海军会对这些C国人很感兴趣的。"他说,并告诉他们他已经把留在潜艇看守他的船员打晕了。

"你的计划目前很起作用,汤姆。"巴德说,"现在下一步做什么?"

"我告诉泰德·布鲁斯驾驶海上直升机来接我们,他准时来了。"

"欢迎上飞机!"当他们过来时,泰德向他们三人问好,"我很高兴你们安然度过这一切。"

"很感激你找到我们。"汤姆回答,"海洋直升机跟踪C国潜艇是我见过最美的景色。"

泰德驾驶飞机浮出水面,向蓝天女王飞去。当斯威夫特父子、巴德和泰德从海洋直升机走入飞机舱内时,所有船员都在欢呼。一个无线电接线员过来打断了这激动的时刻,他递给汤姆一张来自西海岸大学的纸条,汤姆大声读道:"我们已经完整接收到了装在冰块里的乳齿象!祝贺你们!"又一阵欢呼响起。

巴德得意地大笑道:"我要看看高个子听到这个消息时的表情。"

没过多久,蓝天女工再次在卡斯提拉庄园附近的峡谷着陆。乔和实验室的技术员们都在等候他们。大多数的设备都已经打包好了,只有物质传输器还放在实验室里。

"我和巴德来把它装起来。"汤姆说,"我们要去大庄园里与卡斯提拉先生告别。"

这位橘农非常感谢二人的慷慨帮助。"一切都回归正轨了。"他说,"村民们都很高兴能重新工作,不用再害怕雪人或者蓝色火焰了。R国警方也将那些在海峡那边的大庄园里的C国间谍抓了起来。"

卡斯提拉带着汤姆和巴德来到了地下实验室,里面放着C国的融化主导装置。"我在山上发现的这个,"卡斯提拉解释说,"现在它就像一只白象一样在我手上,我不知道要拿它怎么办。我真希望C国人不曾把这个发明带到R国。"

"我想我可以帮你解决这个问题,卡斯提拉先生。"汤姆眨了眨眼睛说道。

他拿起一把刷子,接着,他在一个纸板箱上写上了又大又黑的字:发出故障。汤姆将这个标志挂在了融化主导装置的前面。

接着,他启动了物质传输器,这台保加利亚机器就变成一道光消失了。

"它去哪儿了?"卡斯提拉惊讶地眨着眼睛问道。

年轻的发明家大笑着回答:"著名的融化主导装置已经被运送到陈列在C国会大厦里的收集槽内!"